おべんとうの時間がきらいだった

おべんとうの時間が
きらいだった

阿部直美
Naomi Abe

岩波書店

目次

Ⅲ　夫と娘

I

父と母

おべんとうの時間

お弁当箱を開けて、ぎょっとして蓋を閉めた。見なかったことにしたかった。

忘れもしない、中学一年の一学期のことだ。私の通う中学校は給食の制度がなかったので、入学と同時に弁当生活が始まった。当時、群馬県内の公立中学校はどこも弁当だったと思う。

あの頃、昼になると教室の中がなんとなく浮き足だっていた。みんなが、キョロキョロしていた。男子は全員が丸坊主。女子は、短い段カットヘアか長ければゴムで結わえるきまりがあった。始まったばかりの中学校生活は、髪型、服装、持ち物どれをとっても〝みんな同じ〟が原則のなか、お弁当だけは個性豊かに見えた。人と違う、という点がなんだか眩しくて、好奇心旺盛な男子たちはいつも何か言いたくてうずうずしていた。

買ってもらったばかりの、クリーム色のA5判サイズの弁当箱。プラスチック製で、左右に留め具がついていて、おかず入れには汁気がこぼれないよう内蓋があった。

食べないわけにもいかない、と思い直して弁当箱の蓋を開けると、白と茶色が目に飛び込んできた。昨晩の残り物のカレーとご飯。昨日は、「やったー、カレーだ」と喜んでおかわりまでしたカレーも、こうやって弁当の主役となると話が違う。輝きを失っていた。しかも、副菜がない。白いご飯が、ぎゅうぎゅうに詰められているだけだ。

おかず入れの内蓋をとると、カレーの匂いが一気に広がった。ご飯にのせて一口食べると、冷えたジャガイモと人参がやけにねっちょりしている。早く食べ終えたくて、大急ぎで口に運んでいたら、やっぱり声がした。

「誰だよ、カレー持ってきたやつは」

声の主を睨んで、食べ続ける。

「だっせえ、弁当にカレーかよ」

別の方からも声がして、男子たちがニヤニヤしながら私を見る。なかには、わざわざ私の席まで歩いてきて、弁当箱を覗き込む者までいた。

大人になった今、つまり弁当の取材を一八年近く続けてきて、二五〇〇名ほどの弁当をこの目で見てきた私にはわかる。弁当にカレーを持っていく人は、結構いる。昔だっていた。そのカレーが美味しかった、という人にも、嫌だったという人にも会ったことがある。つまり、よくある話なのだ。

しかし、一二歳の私にとって、1年2組の教室の中で起こることが世界のすべてだった。カレーを弁当に持ってきた子は、まだ誰もいない。ましてや、カレーとご飯しか入っていない、こんなに素っ気ない弁当を、私は他に見たことがなかった。

顔が真っ赤になっているのが、自分でもわかった。ドックドックと、脈打つ音まで聞こえてくる。カレーごときで恥ずかしがっている自分が、情けなかった。男子と口喧嘩になっても、普段なら絶対に負けない自信があるのに、弁当の時間だけは目立ちたくなかった。

ご飯が汚れすぎないように、カレーをちびちびとご飯の上にたらして口に運びながら、前にテレビで見た、アフリカの、お腹ばっかり膨らんで手足は骨と皮みたいな子どもの姿を思い浮かべた。アジアの、ゴミ山を漁る子どもたちを思った。この世には、食べられない子どもたちがいる。ほら直美、背筋を伸ばして、堂々としなさいよ。

でも、心のどこかで〝違う〟とも思う。飢餓に苦しむ子どもと私を、比べてどうするの？　そもそも、アフリカやアジアの子どもたちのことを考えながら食べるお弁当は、味なんてしなかった。美味しいもまずいもないのだった。

私のすぐ横には、アスパラのベーコン巻きを箸に突き刺して、大きな口を開けている男子がいた。隣の席の彼は、食べることを純粋に楽しんでいた。机の上は、いつだって弁当箱の蓋と箸入れ、筆記用具までがひっくり返っていて、大慌てで食べ始めたのがわかる。カイワレ大根をハムで巻いたのや、焼き肉を一枚ずつリーフレタスで包んだおかずを見ていると、彼のお母さんの鼻歌が聞こえてくるようだった。クラスの中で、彼は目立たない物静かな部類に入る。言っちゃ悪いけれど、勉強も運動もいまひとつだし、面白いことも言わないし、存在感はかなり薄い。でも家では、笑顔の似合うお母さんが、可愛い息子の喜ぶ顔を想像しながら、くるくるっと巻いてるんだなあ、と思った。そういう弁当だった。クラスメイトの、いつもは気づかない別の顔を見た気がした。

家に帰って早々、母に抗議である。

「いくら何でも、カレーだけなんて。お母さんひどいよ」

母は、心底うんざりした顔で大きなため息をついてから、ぴしゃりと言った。

「お前さ、カレーの時はカレーだけ食べるだろ。野菜炒めとカレーを一緒に食べる人なんていないよ。おかずを他に作れってことかい？　カレーの日に、カレーだけ入れて何が悪いの？」

父親と同じで、この娘まで食べ物のことで私に文句ばかり言う。母の顔には、そう書いてあった。

「サラダとかさ、果物とかさ、他に入れるものはあると思うけど」

弁当を食べながら考えていたことを必死に訴えてみるが、母の耳には届かない。

「お前はさ、彩りがどうのこうのって、いつもうるさく言うけどさ、この弁当箱のどこにサラダやフルーツを入れろって言うの？　ご飯の横に、生野菜入れるの？　傷むじゃない。だからって、別のタッパーに入れたんじゃ、彩りもへったくれもないよ」

たかが、カレーの話だ。もしかしたら、他の家庭では「やだー、お母さんってば、カレーを弁当に入れちゃうんだもん。恥ずかしかったんだよー」と帰宅した娘が文句を言い、「ごめん、ごめん。だって、今日は他におかずがなかったんだよねえ」という程度のことなのだ。「やあねえ、もう」と笑って、おしまい。それくらいのことなんだと思う。

我が家の場合は、違った。軽く笑いとばすことなんて、できなかった。弁当生活が始まってから、もう何度目かの抗議だ。炊き込みご飯だけが大きな弁当箱に詰まっていた日もあったし、銀紙で仕切りをして、きんぴらごぼうと煮物だけ、見事な茶色弁当もあった。

お願い、もうちょっとだけ考えてよ。もうちょっとだけ、彩りをよくして。

私が言うたび、母は不機嫌になっていった。お互いに、笑いあう余裕なんてない。母は呆れ、怒り出し、私は気持ちが伝わらないのがもどかしくて、しょっちゅう泣いていた。そう、私は弁当のことでよく泣いた。お母さんは話が通じない、わかってくれない、と言って、泣き叫んでいた。弁当なんて大嫌いだった。

母は、私が小学校に上がった頃から、パートタイムの仕事を始めた。最初は弁当屋で、私が中学生になるとスーパーの惣菜売り場で、コロッケを揚げたりポテトサラダやおいなりさんを作るようになった。午後四時すぎ、仕事終わりの母がスクーターで帰宅すると、まず台所のテーブルの上に買ってきたものを置く。大抵は、袋の中身を見なくても、私には言い当てることができた。

マグロの刺身、蕎麦、納豆、豆腐、ホウレンソウなどの葉物野菜、山芋……。毎回、判で押したみたいに同じだった。私がわくわくするようなものは、ひとつもない。何が面白くて、同じものばかり買うんだろうと思っていたら、母もやっぱり面白くなかったようだ。

父は、相当な変わり者だった。食べることに関して、独特のこだわりを持っていた。献立は時代とともに多少の変化を遂げつつも、毎晩、同じ時間に自分で決めた献立が食卓に並ばないと我慢できない。テレビ番組で良いと言えば試したくなる、健康オタクな面もあった。

毎晩、もずく酢という時期もあれば、嫌いな生野菜サラダを、それこそ鼻をつまみながら食事の最初に食べたこともある。晩年は、寝る前に冷蔵庫の前でズルズルと音を立てて何かをすすっていると思ったら、ヨーグルトだった。晩年、つまり他界する前の七〇歳を超えたあたりの父は、ちょっと面白かった。立ったままヨーグルトパックを抱える姿は、もう笑うしかない。

年老いてからの父は、それなりに性格も丸くなったので、食べ物に対するこだわりが〝微笑ましい〟エピソードとして、孫や義理の息子に好意的に受け入れてもらえたのだが、あの頃、つまり私が中学生で父が四〇代の時には、そんなもんじゃなかった。

あるべきものがないと、父は怒り出す。用意する母も、常にピリピリしていた。マグロと豆腐は、その中でも別格だった。毎晩なければいけない、必須食品である。豆腐は、夏は冷ややっこ、冬は湯豆腐と決まっていて、湯豆腐にはエノキやネギが入るのだが、ある日牡蠣を入れたら気に入って、それ以来牡蠣が必ず入るようになった。

ここが重要な点で、その日たまたまあるものを入れる、というような臨機応変な対応は許されず、入れると決めたら、次から必ず入れるのだ。決めごとに組み込まれると、それはもう必須となる。マグロは、短冊かブツを買う。一日分ずつ小分けに冷凍しておき、朝小さなかたまりを忘れずに冷凍庫から取り出して、冷蔵庫に移し替えておくのも母だった。

毎晩の晩酌は、サントリーのウィスキー「レッド」である。「高いウィスキーは、どうも自分には合わない」と言って、海外の高級品を貰っても誰かにあげてしまい、自分はお手頃価格のレッドの中でもさらにお得な四リットル入りのジャンボサイズを好んだ。その日飲む分は、前もって小瓶に移し替えておく。ウィスキーを買うのも移し替えるのも、母の役目だった。

晩酌のシメは、蕎麦と決まっていた。四〇代の父は、何が何でも毎晩蕎麦だった。夕食が始まる前に、母はすでに茹でてしまう。蕎麦がのびるかどうかは、父にとってどうでもよかった。山芋も、前もってすりおろしておく。きっかり午後六時から飲み始め、八時四五分のNHKニュースが始まる頃になってようやく、父はめんつゆを入れた椀を手元に引き寄せる。すりおろした山芋とたっぷりの青のりを、シャカシャカ音を立てながら箸でかき混ぜてつゆと合わせ、ぼってり固まった蕎麦を椀に入れ、さらにジャボジャボと混ぜ合わせてからすする。晩酌の終わりを意味するこのシャカシャカが聞こえてくると、母も私もどんなにホッとしたことか。

父の定番を用意するほかに、母はハンバーグや煮魚などその日のメインを作っていた。さぞ、面倒くさかっただろうと思う。「今日は、マグロの刺身を用意できなかったの」ということが許されるならば、母も心穏やかでいられたと思うが、足りないということは食卓に地雷を置くようなものだった。とにかく、買い揃えなくてはいけない。

母は毎日惣菜売り場の仕事を終えると、自分の勤務するスーパーで、それこそ超特急で買い物を済ませた。いつも同じ食材を買うから、どの棚に何があるかは知り尽くしている。最短距離で、棚から棚へと移動しながら、顔だけはもうレジを向いている。それくらい、早かった。いつだって、走る寸前だ。

「珍しいもの、見つけちゃった」なんてこと、母に限ってはありえない。ヨーグルトの新商品を発見して、「試してみようかな」なんてことも、「はちみつって、いろんな種類があるのね」なんて気づくこともない。小さな発見には、見向きもしなかった。

経済的に余裕がなかったせいもある。無駄なものを買わないために、〝必要なもの以外は見ない〟を徹底していて、本当に目を向けなかった。

いつも夕方五時台には帰宅して、風呂に入ってすぐに晩酌を始めたい父のため、急いでいたのはわかる。でも一方で、母の性格でもあったのだなあ、と今は思うのだ。同じものを食べ続ける父と、それが不満でありながら、お決まりの物以外には関心を向けない母だった。

買い物をする時、ちょっとでも立ち止まって、脇道に逸れてみればいいのに。娘の私は、よくそう思っていた。いつもの棚とは別のところで止まって、商品を手に取ってみればいいのに。パスタのコーナーの前で、「太いの細いの、いろんなスパゲッティがあるのねえ」なんて立ち止まり、その横にあるオリーブオイルを見つけて「こんなに種類があるけど、どう違うの？」と、瓶をひっくり返して裏まで見て欲しかった。そこに書かれてあるイタリアの地名を、一度くらい読み上げて欲しかった。

「アンチョビって何？　オリーブの実ってどうやって食べるの？　直美が喜ぶかもしれないから、買ってみようかな」棚の前で、ちょっと微笑むくらいの余裕があったら。商品の背景を想像する、ほんのちょっとの間があったら。

楽しみなんて、どこにだって転がっている。小さな楽しみは、いつもお母さんが行くスーパーの中にだってある。

もし、ちょっとした発見を面白がる気持ちが母にあったなら、私のカレー弁当には何かしらの〃おまけ〃がついたはずだ。相手をちょっとだけ喜ばせるための秘訣が、母にもわかったんじゃないかと思う。そうしたら私も、弁当の蓋を開けた時、ふふっと頬が緩む一瞬を味わえたに違いない。暮らしに、ちょっとの〃あそび〃があると笑顔がうまれる。あそびは、相手を思う気持ちだ。心の潤い。気持ちの余裕。あそびがないと、喧嘩になる。

「今日のマグロは、やけに筋張ってて、食べられたもんじゃない」

食事が始まってすぐに、父が母に文句を言う。

「だってお父さん、マグロが高くって」

日頃の不満を、ここぞとばかりに母が吐き出す。

「毎日、同じものを用意するっていうのは、大変なんです。それに、うちはお金に余裕があるわけじゃないし……」

「おい、だからって、青のりまでケチるつもりなのかっ」

腹の虫の居所が悪い父と、日ごろから父への不満でいっぱいいっぱいになっている母。そんなふたりの前に置かれた食べ物は、いつもとばっちりを受けた。青のりやマグロには何の落ち度もないのに、ケチをつけられる。それが、我が家の食卓だった。

青のりくらい、山盛りに用意すりゃあいいのに。ウィスキーを小瓶に移し替える時、多めに入れておけば機嫌がよくなるのに。娘の私はそう考えても、母はいつも必ず〝ちょっと足りない〟量を用意した。そして父が怒鳴ると、むっつり黙り込む。

だって、お父さんのお給料が安いから。だって、お父さんが前の仕事を勝手に辞めて転職なんかしたもんだから。だって、だって、だって。無言を貫きながら、母は全身で不満を発する。父はというと、一時間も二時間も声を張り上げて母を責めた。

青のりやマグロから始まる夫婦の諍《いさか》いには、とても惨めな気持ちにさせられた。ただ、中学生ともなると、私はタイミングを見計らって二階の自分の部屋へ逃げ込めるようになったからまだよかった。大急ぎで、おかずのハンバーグを口に詰め込み、ご飯を味噌汁で流し込む。しょっぱいものがこみあげてくるのを、無理やり押しとどめる。食べ物に、なんの味もしなかった。そんなの、どうでもよかった。

✣

お弁当はふつう、前の晩の残り物が詰められるものだ。父の怒鳴り声を浴びたハンバーグが、次の日の弁当に入っている。それはやっぱり、湿っぽい味がした。茹でた野菜も、煮魚も、どれもが前の晩の父の怒りや母の哀しみをそのまま吸収していた。

弁当箱の蓋を開けた瞬間、家族の情景が目の前に現れる。いつだって、蓋をしておきたい気持ちになった。母の嘆きが詰まっているみたいな弁当だった。

「彩りを、考えてよね」とか「見た目をもう少し意識してよ」と弁当のことで母に訴える私は、弁当のことを言いながら、家族のことを言いたかったのだ。

他人に弁当を見られることが、何よりも嫌だった。我が家の湿っぽい食卓を、友達には知られたくなかった。だから、弁当にべったりと張り付いた黒い闇を、プチトマトの赤やブロッコリーの緑でとり繕って欲しかった。見た目だけでもいいから、素敵にしたかった。カラフルでポップに、鮮やかに。

弁当というものは、残酷だ。中学一年生で、私はそう思った。自分が背負っている家族を、小さな箱と向き合う度にいつも突きつけられる。隠したくても、見る人が見ればわかってしまうかもしれない。どうかわかりませんように、気づかれませんように。それが、中学生の私の「おべんとうの時間」だった。

音の番人

梅雨が明け、森の公園でミンミン蝉が威勢よく鳴きはじめると、私は途端にそわそわと落ち着きがなくなるのだった。家じゅうの窓が、開け放たれる季節。それは、嬉しいほうのそわそわではない。胸がつぶれるような、重苦しいほうのそわそわだ。

高校を卒業するまで過ごした実家には、応接間に一台だけクーラーが設置されていた。今はもう新しいタイプに買い替えてしまったけれど、当時のものは風量を強弱で切り替える茶色い箱のようなどっしりとした型で、四七年前に家を建てた時、両親がちょっと無理をして買ったものだ。その証拠に、ひと夏に数回冷房をつける時「やっぱりクーラーがあって良かっただろ」と、父はいつも満足そうに母の顔を眺めた。母はといえば、そっけなく「そうね」と応じつつ、「べつに必要なかったじゃないの」と思っているのが顔つきでわかる。

そもそも、来客を応接間に通すことなど滅多になく、普段は電気代を考えて、クーラーをつける習慣など我が家にはなかった。暑くなったら窓を開ける。当時はそれで十分だったのだ。

東京に暮らすようになってから子どもの頃の夕立を懐かしく思い出すのだが、群馬県の私が育った地域は、夏ともなれば年中ゴロゴロいっていた。榛名山《はるなさん》、妙義山、赤城山のどちらかの方角から、むくむくと雨雲が広がって雷様がやってくる。急に曇ったかと思うと、一気に稲妻が黒い空を飛び回った。小学校の帰り道、髪に留めていたヘアピンを手のひらに握りしめて、団地の隅で震えながら雨宿りした覚えがある。怖くて傘がさせなかった。小学校まで子どもの足で一時間近くかかったから、雨宿り以外にも、喉が渇いて団地の水道の水を飲ませてもらったり、「トイレを貸して下さい」と見ず知らずの家を訪ねてトイレを借りて、おやつのクッキーまで持たせてもらったこともあった。

桑の実も、小梅と呼んでいたグミも、蜜が吸える花びらも、私は何でも気にせずに口に入れてはぺっと吐き出した。生垣のお茶の白い花は、手で揉むと爽やかな甘い香りがした。新芽の季節、柔らかい若葉をくるくるっと丸めて片側を平らに潰し、笛のようにビービー鳴らすのもお手の物だったし、田んぼの脇を通る時には、車にひかれて道路にへばりついているカエルをぴょんぴょん飛び越して歩いたものだ。小学校の行き帰りに見たもの、嗅いだ匂いは、今でもふとした時に蘇る。

私の育ったところは、随分のんびりした田舎だった。畑の周りには、桑の木が植わっていて、養蚕が盛んだったころの名残もまだあった。涼しい風は、畑や木々の間を抜けて、家の中まで吹き抜ける。夜だって、網戸にしておけば十分涼しかった。

問題は、田舎ではあったけれど、人里離れた山奥の一軒家で暮らしていたわけではないということだった。窓を開けるということは、外の世界との仕切りが取っ払われて、音や気配が筒抜けになるということだ。あっち側からこっち側へ、入ってくる。こっち側の事柄は、あっち側へと流れ出ていく。

たとえば公園で夜、ロケット花火をする子どもたちがいる。歓声とヒューッというロケット花火特有の甲高い音が、窓を開けた父の部屋にダイレクトに届く。不幸なことに父の部屋は、玄関を入ってすぐの道路に面した南向きにあり、六畳間に敷かれた布団に横たわれば、そのまま地続きで十数メートル先の公園と繋がってしまうような距離感だった。

公園から花火の音が聞こえてこようものなら、私の心臓は高鳴って警告をする。さあ、くるぞ。はじまるぞ。当時私の部屋は、父の寝室の真上にあって、階下の父がどんな状態か手に取るようにわかるのだった。これはもう、テレパシーの域にあったかと思うほど、私には父の心理がわかった。裏を返せば、父はわかりやすい性質だった。

えへん、えへん、と落ち着きのない咳ばらいが床下から聞こえる。イライラしている証拠だ。カツンという音がしたら、これが合図。吸っていたタバコをもみ消して、ガラス製の灰皿を、枕元から勢いよく突き飛ばした音だ。翌朝飲むために母に用意させた、水の入ったふたつのグラスが、ぶつかり合ってカチリと鳴る。次の瞬間、蹴り上げたような勢いで部屋の扉が開き、サンダルをつっかけて走り出す音が聞こえる。二階の窓から下を見れば、つんのめるようにして公園に向かって走る父の姿があった。

私の部屋から、公園内を見ることはできなかった。温泉会館の建物が、遊具のある公園と我が家のある住宅地とを隔てていた。普段、歓声は聞こえても喋り声までは聞こえない。それでも私には、ありありと父の様子が思い浮かぶのだった。声まではっきりと聞こえるようだった。

「ちょっと、あんたたち、こんな時間に音の出る花火なんかして、いいと思ってるのかっ」

突然怒鳴られた相手は、面食らっているだろう。人によっては、逆切れするかもしれない。花火の音がやみ、公園内が静かなのが気になって窓から顔を出していると、唸り声を上げながら、母のサンダルを履いた父がカッカ、カッカと歩いて帰ってきた。寝間着にしている浴衣の前がはだけて、シャツとステテコが丸見えだ。

ここから、緊張が走る。怒鳴られた方は面白くないもんだから、花火を続ける可能性もある。父は、怒りを持て余してじりじりと相手の様子を探る。私は両者の気持ちが突き刺さって、神経が高ぶる。我慢比べのような時だ。

花火の音は、やまなかった。こうなるともう、自分の部屋にいても何も手に付かない私は、公園にいる誰かが自分の知り合いではないことを、必死に神様に祈るしかなかった。もし父だと知られて、「おまえんちの父ちゃん、ヤバイなー」なんて言われたら、もう生きていけない。

そうこうするうちに、またもや公園の方角から怒鳴り声が聞こえてきて、「警察に電話するからな」という捨て台詞とともに、父が帰ってきた。

今度は、我が家から外へと音が流れ出る番だ。地元の警察署に電話がつながると、父はいかに自分が騒音の被害を受けているのかを大声でまくしたてる。電話を受けてしまった人には気の毒だったけれど、こういう状況になってしまうと、誰も父を止めることなんてできやしないのだった。

「こんなに夜遅くですよ。もう、私は眠れない。翌朝仕事に行けないじゃないか」と父は訴えるけれど、中学生にもなれば私にだってわかっていた。夜一〇時はまだ、一般の家庭では家族団欒《だんらん》でニュースやドラマを観ている時間帯だ。しかも、子ども同士が公園に集まって、ちょっと花火でもやろうぜという程度のことで、悪質なわけではない。

たまたま我が家では、夜の九時が晩酌を終えた父が自室に引き上げる時間で、それから眠りに落ちるまでの間、それを妨げるものがあってはならないということだった。

音に対して、過剰なまでに反応するのが父だった。決まった時間に眠らなきゃいけないという強迫観念に、がんじがらめになっていたということだ。眠れない理由が騒音であれば、断固として闘った。ウィスキーを飲むほどに、怒りがむき出しになって物事が長引いた。

父を悩ませたのは、公園の花火だけではない。音楽の音量を上げて駐車したままの車、出かけようとしてエンジンをかけたまま発車しない車があれば、すぐさま苦情を言いにその場へ向かった。

発情した猫ですら、許されなかった。ある夜、野良猫がいつまでも低い唸り声を出していたのを、私も寝床の中で聞いていた。嫌な予感の中ベッドで息を詰めていると、規則的ないびきが止み、カツンと灰皿が鳴った。数分後、洗面器に入れた水を、父が庭めがけてぶちまけた。

可哀想な俺。父は、本気でそう思っていた。眠らなきゃいけないのに、眠れない。

可哀想な俺。どうして邪魔をしやがるんだ。いつも泣きそうな顔で、噛みつくように訴えた。

いつからだろう。父の娘である私は、音の番人になっていた。自分の部屋で勉強をしている私に、階段下から「父さん、先に寝るぞ」の声がかかると、任務が始まる。規則的ないびきが聞こえるまでの間、私は全身を耳にして、音という音をすべて排除してやるぞという覚悟で、窓の外に神経を張り巡らせるのだ。「森の公園」と呼んでいた神社裏の杉林、部屋からは見えない遊具のある公園、家の前に建つアパートと駐車場。温泉会館の建物。うちの並びに建っている数軒の隣近所。

父が眠りに落ちるその瞬間まで、私は音の番人として気が抜けなかった。これはもう、逃れられない使命みたいなものだった。夕食時、父が箸を置いて立ち上がるその時までを、母が見届けねばならなかったように、眠りに関しては私だった。父は、それを当然のことと思っていたはずだ。なぜなら、俺は眠れないと騒ぐ時、家の者は眠るどころではなかったからだ。母と私の眠りは完全に父の支配下にあって、父が眠れてこそ、自分たちにも眠る許可がおりるという具合だった。

そんな日常だったから、階下の張りつめていた空気がふっと緩む時間が訪れると、ひそかな解放感を味わう。その瞬間は、いびきが聞こえなくても気配ですぐにわかった。大きな物音があれば、この平穏は壊されると思いながらも、ラジオの深夜放送を聴いたり勉強して過ごす夜中ひとりの時間は、何より安心と自由を感じられるひとときだった。

✣

母がよく言ったように、私は神経質で、子どもらしくない子どもだった。

今だったら、「感受性が豊か」と言ってもらえたかもしれないが、あの当時は誰も子どもの側になど立ってくれない。あれもこれも感受しすぎて、背中に漬物石を背負っているみたいだった私は、小学生の頃から椅子に座って本も読んでいられないくらいの肩こりで、頭がぼーっとしてしまう。見かねた母が鍼治療や整骨院に連れて行くのだが、その度に「この子はやたらと神経質で」と母がため息をつき、医者は、「一人っ子だから、甘やかされているんだ」と結論づける。そして、「体を鍛えなさい」にいつも落ち着くのだった。

「乾布摩擦がいい」と言われて、ぶるぶる震えながら上半身をざらついたタオルでこすった。「マラソンをしなさい」と言われれば、毎日家の周りを走った。結局は何ひとつ効かず、むしろ背負った漬物石は成長とともにどんどん重くなる。

その元凶でもあった父のエネルギーたるや、凄まじかった。もともと体が頑丈だった父は、三〇代、四〇代の頃は完全にエネルギーを持て余していて、怒りのもとを日々拾い集めてきては、三日に一度大爆発させないと生きていけないみたいな状態にあった。理由なんて、あってないようなもの。まったく、予測不可能である。そういう状況下にいると、三日間平穏が続こうものなら、こっちの気持ちが落ち着かなくなってきて、今か今かとそれを待つようになる。早く来い、とさえ思う。大嵐が起これば、その直後には束の間の平穏が約束され、そこでようやく息を吸える、と常に酸欠状態の体が考えるのだ。体も心もいつも緊張していて、肩が凝る。子どもが心を病むなんて、当時の田舎の大人は考えてもいなかったみたいだ。

あの頃も今も、実際に眠れないのは母だった。母は正真正銘、筋金入りの不眠症で、朝どんよりした顔で起きてきては、「今日も全然眠れなかった」と目をしょぼしょぼさせる。

その点父は、すっきりと起きてくる。前の晩にどれだけ眠れないと大騒ぎして、夜中までウィスキーをあおっても、二日酔いもなくすっきりした顔で「おう」と言う。毎朝、真新しいノートの一ページ目を開いたばかりのように、父は一日を始めた。物事のつづきはない。風邪や体調不良とも無縁だった。父が寝込んだことなんて、私の記憶にはまったくないのだから奇妙だ。父は人間じゃないような気がしていた。

✣

忘れられない夏がある。あれは、私が高校受験を控えた中学三年生の夏休みのことだった。

夜八時頃、家のチャイムが鳴り、Tと名乗る背の低い中年の男が玄関に立っていた。日曜日ということもあって、すでに晩酌を終えてシメの蕎麦をすすっていた父は、Tを応接間に招き入れ、窓を閉めて普段は入れないクーラーのスイッチを入れた。

「いつもご迷惑をおかけして、申し訳ありませんねえ」

椅子に座る前に、Tは軽々しく言ってひょこっと頭を下げた。申し訳ない、と言いながらも、でもねえ、と次の言葉がすでに喉元に出かかっているような顔つきだ。

父はというと、「こちらも、毎年のことですからねえ。本当に迷惑で、我慢できませんよ」言葉はきついが、まだ何とか笑顔を見せていた。

一大事である。騒音のもとが、歩いてわざわざうちに乗り込んできたとは、一体どういうことだろう。子どもが同席するわけにもいかず、私は自分の部屋に引き上げたものの、気になって気になって受験勉強など手につくはずもなく、階段の半分まで下りて壁に耳を押し当てた。

その日に限ってクーラーをつけたもんだから、窓もドアも閉め切ってくぐもった声がぼそぼそと聞こえるだけだ。真夏だというのに、階段の中段でガタガタと震えていた。なにせ、時間が遅い。酒が入ってから来るなんて、Tという男は間が悪すぎる。嫌な予感しかしなかった。

実は、何年にも渡って、Tのいる温泉組合と父との間では争いが続いていた。父が「温泉組合のやつら」という言葉を頻繁に使っていたので「温泉組合」とひとくくりにさせてもらうが、実際はどんな組織だったのかよくわからない。地元の温泉旅館を経営する人たちと、商店を営む人たちが主なメンバーのはずだった。

「音の番人」として、毎年避けて通ることが許されない年中行事。それが、夏のお盆の時期に公園で開催される温泉まつりだった。私が生まれ育った地域は、旅館がいくつか建つ温泉地に隣接している。ただ、群馬県にある名だたる他の温泉地とは違って、規模が小さい。知名度が低く、とりたてて見どころがない田舎町において、年に一度の温泉まつりは唯一行事と呼べるものだった。

祭りの主催は、老舗旅館の主人らと地元商店主たちで、八月一三日と一四日は夜の盆踊り、一五日に打ち上げ花火があがり、一六日の灯籠流しまで計四日間続く。公園に屋台が出る後半二日間は、大勢人が集まってきて賑わった。

私がまだ小学校の低学年だったほんのいっとき、一三日と一四日の盆踊りが楽しみだった。夕飯を済ませた後、母に浴衣を着せてもらっていると公園から音楽が聞こえてくる。下駄を鳴らしながら、公園まで走って行った記憶がある。友達のお父さんが上半身裸になって、やぐらの上で太鼓をたたく姿がかっこよかった。普段は公園の隅にある、よじ登って遊ぶのがスリル満点だった骨組みだけのやぐらに、祭りの日には梯子がかかって床板が渡され、公園の真ん中に置かれる。提灯の灯りと紅白の幕が、気分を盛り上げた。

やぐらのまわりを、子どもたちと近所のおばちゃんおじちゃんたちが一緒になって踊ったものだ。普段は腰を曲げて歩いているおばあちゃんが、その夜は前掛けをとってムームーみたいなワンピース姿で、「ほれ、見てみい」と言って手足の運び方を教えてくれた。スピーカーから流れるのは、炭坑節と八木節ばかりだったけれど、見よう見まねでも輪になって踊るのは楽しかった。

ただ、この盆踊りはいつの間にか人がいなくなった。自然消滅のように、誰も集まらなくなってしまった。そもそも、その場を仕切る人が誰ひとり存在しない盆踊り大会は、踊り上手のおばあちゃんがその場にいなければ、悲惨そのものだ。みんながどうしてよいかわからずにうろうろするだけで、スピーカーの音楽だけが勇ましく鳴り響く。楽しくないから人は集まらなくなり、太鼓の人もいなくなり、やがて誰もいない公園で、音楽だけが流れる盆踊り大会になった。

なぜそんなことになったかと言えば、この祭りが、地域住民のためというよりも、観光目的だったからだ。主催者の心が地域の人たちに向いていないものだから、さあ皆さん、楽しく踊りましょう、という働きかけがそもそもない。プレーヤーのスイッチは押しても、押しっぱなしで、踊る人がいるかいないかはお構いなし。四日間の祭りが二日間に縮小すれば、客足にも影響すると考えてのことなのか、ずっと続けてきたものを止めることに抵抗があるからなのか。人のいない公園で音楽だけをガンガン流し続けるという、今の時代だったら考えられないことをあの頃の温泉組合はやっていた。

地域住民のための祭りでない、ということは、近隣の人たちが意見を言ったり手伝いを任されることが一切ないということだった。つまりは、口を出すな、ただ受け入れろ、ということでもある。

八月一三日の午前八時頃、それは突然始まる。キーキーと公園に設置されたスピーカーが金切り声をあげたかと思うと、「月がー出た出たー」と炭坑節の大音量が流れ始める。これが、祭りの始まりの合図で、スピーカーの調整なのか気分を盛り上げるためなのか、何時間も音楽は止まらない。真夏の真っ昼間、誰ひとり遊んでいない公園のスピーカーから、延々と炭坑節が流れ、勝手気ままに音楽は終わる。そしてまた、夕方頃から音楽がさらに音量を上げて流れ、夕食の後まで続く。

一四日も同じだ。「盆踊り」は夜のはずなのに、昼間から遠慮なく音楽が響く。炭坑節と八木節がエンドレスで公園から響いてくる。一五日は出店の関係者が昼頃から店の準備を始め、人が公園にぽつぽつと集まってくるものだから、昼間の音量はさらに上がる。これが、一六日の夜一一時頃まで断続的に続いた。

今では考えられない事態だけれど、当時は音に対して世間は鈍感だった。近隣の住民にとっては、有無をいわせぬ年中行事といえた。老舗旅館の旦那衆が牛耳っていたことも、狭い地域ではものをいわせない空気を作り、無言の力関係を築いていたのかもしれない。

祭り気分を盛り上げるためだけに、丸四日間、音楽を大音量で流す。祭り気分とは、主催する温泉組合の人たちにとっての話だ。公園に提灯をとりつけながら、BGMがわりに盆踊りの音楽が流れてくると、やる気が増したに違いない。

その後、「子ども神輿」が行事に組み込まれるようになったが、温泉まつりが神事と関わりがないことは明らかで、それは毎年出る屋台を見ればわかった。

公園の一角に建つ神社は、祭りの日にはそこだけ取り残されてしまう。焼きそばやスピードくじのような屋台は、神社の参道に背を向けるように並ぶからだ。祭りの中心は、公園の真ん中にある誰も踊らない盆踊りのやぐらであり、それを取り囲むように屋台が並んだ。公園内が電灯に照らされて明るいのとは対照的に、屋台の裏手に位置する神社の参道は薄暗かった。屋台の人が折り畳み椅子に座ってタバコをふかしたり、龍の刺繡入りの学ランを着たお兄さんたちが地べたに座ったりしていて、境内には焼きまんじゅうの竹串や焼きそばの容器が散らばっていた。

この神社は、私にとっては特別な場所だ。子ども時代、社《やしろ》のまわりでおにごっこやおままごとをした。その横を通って学校に通い、お願いごとをし、助けを求め、相談もした。小さな穴から奥を覗くと、自分が応援されているような気持ちになるのだった。こぢんまりとした木造の拝殿は、干したての布団みたいに甘くいい匂いがしたので、幼い頃から私の大切な場所だった。

ところが、毎年お盆になると祭りから取り残されて、ゴミ捨て場のようになってしまう。みんなに背を向けられて、そうでなくても地味な神社は、存在さえ霞んでしまう。それがちょうど、私の家を含む公園裏手の家々とまるで同じに見えるのだった。祭りの期間、そのまっただ中にいるにもかかわらず、相手にされていない。嫌なことばかり、受け入れろと言われているのだ。

✣

この音の無法地帯に、父のような人間がやって来て住民になったのだから、問題が起こらないわけがない。私が二歳の時に、両親はこの土地に家を建てた。つまり、新参者である。そして、これはもう火の粉が飛ぶのは間違いない事態である。実際、毎年決まってドンパチ起こった。争いは年々激しさを増していくばかりだった。

大抵、幕開けは梅雨が明けて窓を開け放す時期と重なった。公園で蟬が鳴きはじめる頃、私がいてもたってもいられなくなるのはそのせいだ。

夏が始まったし、そろそろ祭りについて考えましょうや、という頃合いに、温泉組合員は一杯やりながらの会合を開くことになっていた。

最大の不幸は、彼らが会合を開く温泉会館の建物が、公園内の、我が家とは目と鼻の先の場所にあったということで、今でこそコンクリートの建物になって冷房も完備されているが、当時は横に長い古い長屋で冷房などあるはずもなく、すみっこの集会室の窓を全開にして宴会が開かれた。父の部屋は、我が家の中でも一番公園に近い位置にあるものだから、まるで鼻を突き合わせるように、父と温泉組合員は対峙することになる。

あちらの声が大きくなって笑い声が折り重なって飛び込んでくると、父はもう我慢できない。こちらも窓全開で電話攻撃だ。

「温泉組合のどんちゃん騒ぎには、我慢できませんよ。あの人たちには常識ってもんがない。今何時だと思ってるんですか？」

電話先は、地区長、市長から警察署までいくつかあって、すぐに本題に入っても話の状況が通じるくらいに、相手もよくわかっていた。

「普段は車を入れられない公園内に、平気で車を乗り付けて駐車してるんですよ。こんなバカな話はありますか？　住民をバカにしてる。ええ、あそこは普段、車が通れないように、通せんぼしてあるんだ。それを動かして公園内に車で入って停めることが、よくもまあ許される。あんたがた、ちゃんと取り締まってくださいよ。相手は酒を飲んでるんだ。運転して帰らないか、ちゃんと取り締まるべきだ」

窓の向こうでは、わっはわっはと楽しげな声が響いて酒盛りが行われ、こっちでは父が受話器を手にひとりでカッカ燃え盛っている。

これを何度も繰り返しての、祭り本番である。あちらには、もうずっと続けてきた恒例行事なのだ、という揺るぎない言い分があるので、堂々と音楽をかけ放題にして祭り気分を引き立てる。

さらに激しい口調で父ががなる。

「この音楽、聞こえます? 今何時だと思います? もう一〇時でしょう。公園じゃあ誰も踊ってやしないのに、盆踊りの音楽をガンガン聞かされてるんだ。何? あんたも私の電話で眠れないって? 何言ってんだ。こっちは、毎晩だ。明日も続くんだ。こんなことが許されるとでも、思ってるのかっ」

こういう時の父は、酒とタバコと怒りのせいで、しゃがれ声はさらにしゃがれ、壊れた楽器がギーギー軋むみたいな音で喋る。話の内容が行きつ戻りつし、聞いていると船酔いみたいに目が回る。夏は、争いの季節だった。毎年毎年、この茶番劇が繰り返される。見たくもない劇を、私は二階の自分の部屋から毎年見ていた。

✣

階下が急に騒がしくなったかと思うと、応接間のドアが乱暴に開き「俺は寝る。あんたももう、帰りなさい」と父が怒鳴る声が聞こえ、私は飛び上がった。階段の下を見ると、Tがそそくさと靴を履いて逃げるようにして家を出て行った。

その後、間髪容れずに母の悲鳴が聞こえて、私は階段を駆け下りた。閉め切っていた部屋に入ると、タバコの煙で一瞬視界がかすむ。ピアノの前で仁王立ちしている父の黄ばんだ目が、尋常じゃなかった。母は絨毯の上に膝をついていた。その時、父が歯をむき出して何か唸りながら、片足を上げて母の体を蹴り上げた。とっさに、ふたりの間に滑りこんで、母の体の前で両手を広げる。

「貴様、どけ」

父の太い腕が私の肩を突き飛ばして、そのまま母の髪をひっつかんだので、私は夢中で父の腕にしがみついて爪を立てて引きはがした。

「貴様、わかってるんだな。お前は俺を裏切りやがった。わかってるな。裏切ったんだ」

泣きながら、父は手を振り回す。母を殴っているつもりで、私を殴る。目の前にいる猛々しい父の頭のまわりを、湯気が立つようにメラメラと妖気が漂っているのを、空っぽの心で見た。包丁はどこだ？　頭の中だけが冷静だった。包丁は、いつもの場所にあるんだろうか。私が、窓の外へ捨てようか。いや、下手に動いたら父を刺激することになるかもしれない。ここまで命の危険を感じたのは、初めてだった。

「貴様、わかるか？　俺はな、温泉組合の権力に立ち向かってるんだ。わかるか？　ペンは剣よりも強しって何度も言ってるだろ。正義は勝つんだ」

そう言いながら、手を振り上げ、母に攻撃しているつもりの父は、目の前の私を殴る。

「お前は、温泉組合の味方をしやがった。あのTって男に調子を合わせたな。俺は裏切られたんだ。殴られた傷なんか、すぐに消える。わかるか？　俺はな、心に残る一生の傷を負った。貴様、俺の傷は治らないぞ。ああ、そうだ。治らない。貴様のせいだ。俺はな、権力と闘ってるんだぞ」ペンは剣よりも強し。ペンは剣よりも強し。叫びながら、拳を振り上げる。このまま続いたらどうなるだろうと思った。すると、父は思い立ったように電話に手を伸ばすと、妻と自分の実家それぞれに電話をかけた。

俺はな、裏切られたんだ。自分の女房に裏切られたんだ。惨めだろ。本当に、惨めだろ。俺は許さないぞ。絶対に許さないぞ。

一方的に言うだけ言って、受話器を乱暴に置く。慌てた相手はすぐに電話をかけなおしてくるが、「放っておけ」と父は怒鳴った。

母と私は、隙を見て外に逃げ出した。父が灰皿を道路に向かって投げつけ、鈍い音が響いた。あれは、小学校の図工の時間に土を捏ねて作った灰皿だ。お父さんへ、と文字も彫って、私の手のひらを押し当てて模様にしたものだ。ピアノの上に立てかけてあった家族写真も、道路に投げ捨てられガラスが粉々に割れた。

隣の家のおじさんが、心配して家の外に出てきてくれたのが、逆に惨めな気持ちを大きくさせた。少し離れた暗がりに立って、どのタイミングで口を出そうかと見守っている。ああ、直美ちゃん可哀想になあ、と思っている。これまでのすべての音が、隣近所には筒抜けのはずだった。

そうこうするうちに、見慣れた車がやってきて道路で右往左往する私たちの前で停まった。電話を受けた隣の市に住む父の姉夫婦だった。ようやくこれで、何とか収拾がつく。最後は、母と私が土下座をした。この時の私は母と一体化してしまっていて、母のやることを私もやっているのだった。そもそも、床に額を擂りつけて土下座をするのは初めてじゃない。奥歯を噛みしめれば、大抵のことは我慢できた。

その夜、伯父さんは少しして帰り、伯母さんがそのまま泊まってくれることになった。父は姉に対しては頭が上がらないようだったので、伯母の存在は頼もしかった。

母の部屋に布団を三枚並べて、女三人が床につく。おおかた察しはついていたけれど、伯母と母の会話から、あらましがわかった。Tが父に「郷に入ったら郷に従えって言葉があるでしょう」と言った時、「お父さんも、確かにうるさすぎるのよねえ」と母が横から口を出したという。

「それだけ。ホントに、それだけ。ちょっと言っただけなのに、あのきちがいよ」

母は背中を丸めて両手で顔を覆ってむせび泣き、普段は威勢のいい伯母もこの夜ばかりは言葉もなく「まあまあ」と母の背中をさすっていた。

「もう、大丈夫だから寝なよ」

伯母が母を気遣うのを背後に聞きながら、私はいつまでも眠れなかった。

そして、いつもの朝を迎えた。父はやっぱり、いつも通りに起きてきて、新しいノート一ページ目のまっさらな朝をスタートさせた。伯母もいるし、さすがにバツは悪かったのだろうが、苦虫を噛み潰したような顔をしながら、いつも通りに朝ごはんを食べて仕事へ行った。その日の夜には、前夜のことはなかったことにしてしまった。

一四歳の夏休みは、そんなふうに温泉組合のTの訪問で何とも気の重い幕開けとなったが、七月中はまだテニス部の活動があったので、随分と気がまぎれた。

学校生活。それは、私にとってのオアシスだった。家の中が暗かった分、光と影の反作用で友達のいる学校は眩しく輝いていた。友達と先生に恵まれたことが大きい。そしてもうひとつ、自分が活躍できる場があったということが、相当の励みになったのだと思う。

私は決して優等生じゃなかったけれど、二年生の後半に生徒会長になった。廊下ですれ違ったツッパリの先輩たちから「よっ、女会長、頑張れよ」と声をかけられたことがある。あれが妙に嬉しかった。

テレビドラマの『積木くずし』や『金八先生』が流行った頃で、私の通う中学も田舎とはいえ流行の只中にあって荒れていた。ブカブカのズボンを穿いたリーゼント頭の男子生徒と、ズルズルに長いスカートで聖子ちゃんカットの女子生徒が、授業中だというのにタバコを片手に体育館へ続く外廊下を歩いている。それに気付いた先生が、すっ飛んで行って注意する。

うるせえ、ほっとけ、とツッパリたちはタンカを切る。授業中、窓の向こうではテレビドラマの世界が繰り広げられていて、ちょっと面白くもあった。

実は、不良が羨ましかった。私にだって、学校の窓ガラスの一枚や二枚、めちゃくちゃに割ってやりたいと思う日もあったからだ。家庭不和の私には、不良になる資格があるはずだった。私が

「うっせー、てめえになんか、あたしの気持ちがわかるもんか」と、親に言うべきセリフを先生に向かって吐き捨てても、あの時代だったら許されたかもしれない。

でも、我が家の場合、私が〝積木くずし〟をやっても父を振り回すことは不可能そうだった。父自身がそっち系だったから、私は諦めるしかない。家庭崩壊どころか、血を見る争いが待っている。それよりも、私には〝ここを出ていく〟という強い思いがあったから、勉強を頑張ろうと思っただけのことだ。

そんなこんなで学校が楽しかったおかげで、私の生活は決して暗くはなかった。家でのゴタゴタは、学校へは持って行かなかった。家庭のことを他人に知られたくないという思春期ならではの思いもあったし、何より、楽しい場所に嫌なことを持ちこまないというのは、人間の持って生まれた自衛本能だと思う。光と影を行き来していると、何となくバランスが保たれていくものだ。

八月に入ると、夏期講習も始まって毎日があっという間に過ぎて行き、無事に八月一六日の夜を迎えた時には心底ほっとした。温泉まつりの四日間が、今年も終わった。父が騒いで電話攻撃に出たこともあったが、とにかく終わった。盆踊りの音楽が鳴り止み、急に訪れた静寂。虫の鳴き声。中学三年の夏ほど、祭りの終わりが嬉しかったことはない。

ところが、だ。その年に限って、終わらなかったのだ。翌一七日の昼過ぎ、これまで盆踊りの曲が流れていたスピーカーから、今度は子ども向けの歌が大音量で流れ始めた。朝から気合を入れて机に向かっていた私は、こらえきれない怒りが湧き上がり、勉強がまったく手につかない。気づいたら、ひとり公園に向かっていた。宙を漂うように、ふわふわっとそこに立っていた。

「子ども祭り」という看板が目に入り、子ども用のビニールプールの中にヨーヨーがいくつも浮かんでいる。初めて、聞いた。子ども祭りって一体何？　どこに子どもがいるわけ？　見渡せばまだ準備の段階で、脚立に上って配線をやっている男性がいる。長テーブルのまわりには、ワッペンのようなものを作っている人たち。ひとつ言えることは、まだ始まってさえいないということだ。音楽は、どう考えても必要ない。

脚立に立って飾りつけをする人たちのなかに、知っている顔を見つけた。私に気付いた三〇代後半のその男性は、作業の手を止めて怪訝そうに私を見た。

「あの……何のために、音楽をかけているんですか？」

急に悔しさがこみ上げてきて、声が掠れた。そのまま声を振り絞って「迷惑なんです」と続けた。

その人の口もとが、意味ありげに歪んだのがはっきりと見てとれた。

「これはねえ、お祭りなんだ。たった二時間の祭りですよ。うるさいなんて言われたって困るよ」

脚立を下りて、小太りのその男性が私の前に立つ。

「それにね、あなたのうちはいつも文句を言いにくるけれど、お宅だって、人に迷惑をかけたりすることとあるでしょ」

うっと、喉の奥が詰まった。急に恥ずかしさがこみ上げてきて、胸がつぶれそうになった。この男は、知っている。あの晩、父がどんなに荒れ狂ったか。母と私が泣き叫んだか。きっと知っている。ここにいる全員が知っていて、憐れに思っている。そして、呆れたように私を見るこの男の目は、親子揃ってそっくりだ、と言っている。

どうして、来てしまったんだろう。後悔の気持ちが一気に押し寄せてきた。逃げ出したいのに、視界が狭くなって、得体の知れない渦巻きに足元をとられて動けなかった。

「部長、この子がちょっと……」

小太り男は、少し離れた所にいた別の男性に声をかけた。部長と呼ばれた人は、まだ二〇代かと思える若さで、半被《はっぴ》にねじり鉢巻き姿でヨーヨーのゴムを結わえているところだった。

「この女の子、どうしたの?」

「ほら、例の……」

耳打ちされた部長は、顔色を変えることもなく、人懐っこい笑顔で「やっぱり迷惑だった?」と私に聞いた。

知らない顔だった。ただ、嫌なかんじはしなかった。

「さっき俺、言ったんだよね。音楽はやめようって。やっぱり、うるさかった?」

急に鼻の奥がツーンとしてきたので、頷くだけ頷いて回れ右をしてその場を離れた。『ひょっこりひょうたん島』の音楽が、背中にかぶさるように追いかけてきて、足が宙を空回りしながら何とか家に着いた。

部長と呼ばれた男の、あの爽やかな笑顔と軽さがこたえた。彼は白い歯を見せて、クラスの男子みたいにケラケラッと笑った。かけてもかけなくても、どっちでもいい音楽だった。その音楽が、ひとつの家族をここまで追い詰めているなんてこと、あんな無邪気な笑顔を見せる人には想像もできないんだろう。

自分の部屋に辿りつくと、声を上げて思う存分泣いた。途中から、階下の居間でテレビを観ている母にも聞こえるようにわざと大きな声で泣き、トイレに行く気配がしたので、待ってましたとばかりにしゃくりあげた。でも、無駄だった。母に、私の声は届かない。

しかし、その日はどうしようもなく落ち込んでいた。大胆な行動に出てしまった自分を責めた。所詮、一四歳の子どもが大人に向かっていったって、相手にもされない。惨めだ。誰かに慰めて欲しかった。誰かというのは、私の気持ちを汲み取って共感してくれる母親だ。私の憧れる、映画やドラマに登場するような母親だ。

居間に行き、さっき公園で自分が経験した出来事を母に聞いてもらった。もう泣かずに話すことができたので、ちょっと不貞腐れたように、強がって話した。

「だから、言ったじゃない」

冷めた反応だった。

「前からお母さん言ってるでしょ。あたしは、この土地が大嫌いだって。そしたらお前は何て言った？　あたしはここが一番好きって、そう言ってたじゃないか」

別の悲しみが増しただけだった。

✣

その日、一旦静かになった公園の音楽は、再び午後五時に再開し、途中からお決まりの盆踊りの音楽に切り替わって夜九時まで続いた。「九時すぎまでやってたら、また怒鳴り込んでやるからな」

と息巻いていた父を知ってか、食事を終えて父が自分の部屋に引き上げるタイミングに、ぴたりと音楽はやんで公園は静まり返った。

祭りが終わると、秋がやってくる。その日を待ちわびていたように、虫の声が神社裏手の森の公園から響いてきて、杉の葉を揺らす涼しい風が吹き抜ける。

開けっ放しの窓から冷たい風が入ってきて、夜中に起きて閉める時、ああ今年もやっと終わったと思う。夏が終わった。やっと、終わった。

『E.T.』のピザ

『E.T.』を観たのは、小学六年生の冬休みだった。友達のお母さんが映画に連れて行ってくれるというので、友達の妹、弟も一緒に電車に乗って隣の市へ行った。ジングル・ベルが鳴り響く一九八二年の年の瀬に、スティーブン・スピルバーグ監督のこの作品は、アメリカだけでなく日本でも驚異的なヒットを記録した。

当時、映画館の座席は、椅子取りゲームのように早いもの勝ちでゲットするものだった。座席指定がなかったから、前の回の上映が終わって扉が開くと、一斉に人が客席に押し寄せる。『E.T.』はそうでなくとも人気作だったから、前の回を上映している間、客席扉のすぐ手前に立って待つことにした。終わったら、すぐに座席めがけて飛びつけるように、じっと待つこと数十分である。

人の出入りがあって扉が開いた瞬間、ちらっと見えた大型スクリーンにE.T.の姿がアップで映っていた。その姿が、正直言うと怖かった。あれ？　ホラーじゃないよね。もしかしてこれ、ホラーだったっけ？

私は超がつく怖がりである。実は、映画の内容も知らずに来てしまったのだ。頭の中が混乱してきたところに、再び扉が開き、エリオット少年がベッドの上で死にそうになっている。また怖気づく。これ、やっぱり怖いんだっけ？

帰りたい、と思ったが、友達の家族に連れてきてもらった手前、今さら言い出せない。そのうちクライマックスに近づき、扉の向こう側から感動的な場面を思わせる音楽とセリフが、どうしても耳に入ってくる。これから観るっていうのに、ラストを知っちゃまずいでしょ、と今度は耳を両手で塞いで聞かないようにする。実際に席にたどり着く前に、くたくたである。

ところが、いざ映画が始まってみると、私はもう完璧にあちらの世界へ引き込まれていた。主役のエリオット少年の家は、母子家庭だった。離婚した父は、すでに別の女性と家庭を持っているようで、エリオットと兄妹は週末になると父親を訪ねて一緒に過ごしている。子どもたちは、父と母の間を行ったり来たりする生活だ。兄妹が母親と暮らす大きな家は、芝生の庭があって、同じような立派な家が並ぶ住宅地にある。母不在の夜、子どもたちが宅配ピザを注文して食べていた。私とそれほど年の変わらない子が、ピザを電話で注文するなんて。今でこそ珍しくない宅配ピザも、その時はまだ日本になかったのだ。

E.T.とエリオット少年の友情に涙しながら、私は目に飛び込んでくる家庭環境に、ひとつひとつ感心していた。離婚。週末会いに行く父。母子家庭だけど立派な家。裕福そうな暮らし。キャリアウーマンらしい美しい母。宅配ピザ。

家に帰ってからも、映画のことを考えていた。離婚しても、裕福な暮らしをできるのは、それが映画の世界だからなのか。それとも、アメリカって国はそういう国なのか。子どもが父と母の間を行き来するのは、離婚しても親子の関係は変わらないという考えに沿ったものらしい。当時の日本にはないその取り決めは、ドライでいいなと思った。離婚というとすぐに湿っぽくなるのが日本だけれど、アメリカの場合は映画に出てきた空の色みたいに、真っ青で晴れ渡っている感じだ。なにより、子どもをひとりの人間として扱っている。子どもは、親の言いなり、親の所有物じゃないんだってことが感じられた。

「家族」は、その時の私にとって切実なテーマだった。うちの場合、両親の仲が悪い、という類の話でないことに、小学生の私でも気づいていた。父が一方的に怒鳴る関係は、夫婦なのに対等ではない。対等だったら、言い合って喧嘩になるものだけれど、うちは喧嘩もできない。ましてや、子どもの私にはなんの発言権もなければ、どうやら私が悲しみ傷ついていることさえ気づかれていないようだった。

「どうして離婚しないの？」と、母に聞いたことがある。「だって、暮らしていけないもの」と、母は言った。「それに、お前だって困るでしょ」即答だった。

それまで、私にとってのアメリカと言えば『大草原の小さな家』である。アメリカＮＢＣ放送局が制作したテレビドラマを、土曜日の午後六時からＮＨＫで放送していた。小学生の頃、土曜日が心から待ち遠しくて、夕飯を大慌てで食べてテレビの前に張り付くようにして観た。

ドラマは、西部開拓時代を生きたローラ・インガルス・ワイルダーの自叙伝的小説をもとにしていて、幼いローラが大人になるまでを、丁寧に何年もかけて撮影している。あどけないローラが、やがて学校に通い恋をして結婚する過程を、いつも自分に重ねながら観ていた。こんなにローラの気持ちがわかる私は、ローラの生まれ変わりに違いない、とさえ思ったし、誰かが『大草原の小さな家』、いいよね」とでも言おうもんなら、私にはかなうわけがない、と猛烈に反発したくなる熱烈ファンだった。

憧れの家族だった。ローラの父チャールズは、狩りをし、馬を乗りこなし、家だって自分で建ててしまう。器用で強い男性だが、決して威張らない。妻と娘たちを思いやって、バイオリンを弾いて陽気に踊り、茶目っ気のある人。母キャロラインは、料理上手でコーンブレッドやパンプキンパイを手際よく作る。美しくて愛情に溢れていて、言うべき時には毅然と自分の意見を主張する、芯の強い女性だ。

ドラマを観ながら、自分もローラの家族と過ごしている気分だった。素晴らしい時間だった。でも一方で、この家族は理想であって物語の世界のものだということもわかっていた。憧れるけれど、実際はそんなに完璧な家族なんてない、と小学校も高学年になれば、心のどこかで知っていた。

それに比べて、『E.T.』で見た家族は、もっと現実的だ。離婚しても自分の足で立っているお母さんが、かっこよかった。主役のエリオットも、兄も、その友達もかっこよかった。私よりちょっと年上なだけの少年たちが、やけに大人びて見えた。宇宙からの訪問者E.T.を、研究目的で捕まえようとする大人たちから守り、宇宙へ還そうと挑む少年たち。社会のエリートである研究者たちを出し抜いて、自転車をすっ飛ばして逃げぬこうとする少年の姿こそ、アメリカだなあと思った。日本の子どもたちには、あんなことできやしない、と日本の子どもである私はつくづく感心したのだった。

そして「アメリカ人になりたい」と思った。私、日本に生まれちゃったけれど、今からでも遅くはないはずだ。アメリカ人になるんだ、と密かに心に決めた。

それからというもの、恋をしたみたいにアメリカのことばかりを考えていた。テレビ、映画、本でしか知らない未知の国の風景に自分を当てはめて、そこで出会う友達まで勝手に想像の中にこしらえて、楽しむようになった。

早い段階に、旅行ではないな、ということには気づいた。旅行者としてアメリカへ行くのでは、外側からアメリカを見るだけだ。私は、内側から見たい。しかも、大人になる前に。ここが、重要だった。大人になったら自分の意志で何でもできるだろうけれど、子どもの時にやらなきゃ意味がない。なにせ、アメリカの子どもになりたいのだ。

そして、留学だ、とひらめいた。ホームステイだ。アメリカ人の家族のなかに、娘のひとりとして混ぜてもらうんだ。そうすれば、アメリカの子どもになれる。アメリカの家族が、この目で見られる。体験できる。この考えに行きついた時には、我ながらすごいことを思いついちゃったな、と笑いがこみ上げてしまった。

離婚していようと、仲の良い夫婦だろうと、それはどっちでも構わなかった。どちらもアメリカだ。ずっと憧れてきた国の家族を、自分も経験してみたいという思いだけである。その家の子どもになって学校へ通えば、同世代のアメリカ人が本当にしっかりしているのか、それとも日本人とたいして変わらないのか、それだってこの目で見られるわけだ。

娘になるのなら、年をとってしまっては手遅れである。だからと言って、中学生では英語力もなければ、自分にそこまでの根性もなさそうだ。一週間や一か月の短期ステイも意味がない。アメリカの娘になるには、最低一年間は必要だ。

「私ね、高校生になったらアメリカに一年間留学するんだ」

母に言うと、「へえ」と目を丸くした。「お前らしいよねえ」と笑っただけだった。まさか、本当に実行するとは思いもしないから、また始まったよ、という感じだ。いつも外国の本ばかり読んでいる、外国かぶれで夢見がちな娘の言いそうなことと思ったのだ。

「私ね、高校生になったらアメリカに留学するよ」

父の反応は、鼻の下を伸ばして嬉しそうにしたあと、突然父親としての威厳を見せねば、という顔つきになって「それは、お前の努力次第だな」と言った。こちらもまた、夢見る娘のたわごとと思っていた。

お金を出してもらう立場なのに、「留学させて欲しい」という言い方をしなかったところが、後で思えば自分らしいのかもしれない。「させてください」とお願いすれば、相手はイエスかノーで答える。私にはノーなんていう選択肢はなかった。行くと決めていた。

だから「アメリカに行くんだ」と、普段からいつも口に出した。誰にも文句を言わせまいと、英語は特に勉強した。「行くんだ」と常日頃から言われ続けた両親は、そのうち「この子はたぶん行くもんなんだろう」と思い込むようになっていったのかもしれない。

そうやって宣言することで、中学生の私は自分を奮い立たせていたというのもあるし、これがなければ生きていけないくらいに切羽詰まっていたというのもある。学校生活は楽しかったけれど、一歩そこを離れると私の周りはいつもざわついていて、争いごとの気配に満ちていたからだ。夏になれば、温泉組合との騒音問題が必ず待っている。家では、父と母の独特の力関係と、生活の中での細かい決まり事に支配された毎日に心が休まらない。

父が運転する車に乗ってどこかへ出かければ、「前の車が遅い」と言って、ここでもまた父はイライラを募らせ、タバコをふかしながら「ちきしょう」を連発する。そのうち猛烈なスピードで追い抜くのだが、すぐにまた次の遅い車が前に現れるというわけだ。結局、父は常に遅い車の後に続くイラつく運転手であり、私はひとつ終わってもまた次がやってこないか、おびえ続ける娘でしかない。暮らし全般がこんなふうだった。父の怒りには、終わりがないのだった。

母はといえば、海の底に沈んでいるみたいに、いろいろなものを遮断して生きていた。母にかかると、どんな出来事も「やだった」に集約される。嫌なこと、つらいことばかりが増え続ける母の記憶。私が何かを伝えようとしても、言葉が届かない。手紙やカードに思いを込めて渡しても、翌日にはゴミ箱に捨ててあるのを発見してしまう。「だって、もう読んだからさ」悪びれることなく母は言い、私は傷つく。しかし、傷つく私の気持ちがわからない母だった。

家族が、息苦しかった。どうにもかみ合わない三人だけの家族は、逃げ場がない。そんな夜、アメリカを頭に思い浮かべて布団の中に入ると、甘美な気持ちを味わえた。父親を、ジョンとかボブなんてふうに、下の名前で呼ぶ親子関係。大きなピザとコカ・コーラ。家族一緒にソファーでくつろぎながら観るアメリカンフットボール。高校を卒業する時に開催されるらしいダンスパーティ。

ここではないどこかへ行くのならば、アメリカだった。それくらい、遠くへ飛び出さなければ、湿っぽい現実が追いついてしまう。読むのは、外国文学。日本の本を読む気なんて、まったくしなかった。太郎や花子が出てきて、煎餅をかじってるような話、気分が陰気になるばっかりだ。

✣

その日は、思いもよらぬ形でやってきた。私は県立の女子高校に通う一年生になっていた。夏休みが終わってすぐの、九月一六日。職員室を訪れ、英語担当のN先生に留学に関する資料を見せてもらうつもりだった。二年生の夏から一年間留学するには、そろそろ本格的な準備が必要だろうと思い、その考えが頭に浮かんだ途端、急に焦ってきたのだった。

高校に入学してからというもの、隣の市まで電車で通う毎日は刺激的で、学校帰りに友達とアイスクリームを食べたり、デパートをぶらつく楽しみを知ってしまった。中学時代は、テニス部で休みなしの生活だったし、田舎ゆえに娯楽なんて何もない。コンビニで買い食いさえしたことがない毎日から、突然、映画館にも喫茶店にも出入り自由である。夏休みは「トアルコ」という喫茶店で、憧れのウェイトレスのアルバイトもした。あっと気づいたら、夏休みが終わって二学期である。

留学を扱う団体は数多くあったが、海外にネットワークがあって「交換留学」という形で世界各国の高校生を対象にした留学団体は、私の知る限り「AFS」と「YFU」の二団体だった。AFSは、行き先国を指定できなかったため、英語圏以外に行く可能性が大である。何としてもアメリカへ行きたい私は、YFUの留学試験を受けるつもりでいた。

この二団体は、受け入れ先のホストファミリーはすべてボランティアなので、食費や生活費を家族に払うことはしない。ホストファミリーは、義務として三食を用意し、留学生のために個室かそれに準じたプライベート空間を用意することになっていた。現地で通う学校も原則は公立高校で、学費は無料。教科書は貸与なので無料。つまり、留学費用で負担するのは、交通費とオリエンテーション代金などだ。その金額は、もし私が私立高校に通っていたら必要になった初年度の納入金に少し上乗せしたくらいだったと記憶している。この二つの留学団体以外では、生活費を家族に支払うところもあって、留学費用はまったく違ってくる。経済的なことを考えても、何が何でもＹＦＵで留学をしたいと思っていた。

Ｎ先生が、ぱんぱんに膨らんだファイルを一枚ずつめくってＹＦＵの募集要項を探している間、私自身は、ついにその時が来るんだ、と目の前の扉が開く瞬間を想像して、何とも言えない喜びをかみしめていた。そして「あった、あった」とＮ先生が差し出したその用紙を見て、え？と息を呑む。応募の締め切り、七月二五日。一瞬にして、目の前が見えなくなった。それからはもう、どうやって家に帰ったのか覚えていない。

部屋にこもって、泣きに泣いた。ドジな自分を呪った。つい今さっき思いついた留学じゃない。もう何年越しにもなる、それこそ恋焦がれた留学だ。私の生きる力の源、絶対に曲げられない強烈な思い。惨めさにうちひしがれていた娘を見て父が言ったのは、「高校に入って、遊びまわってたお前が悪い」だった。

「夏休みだって、バイトにうつつを抜かしてたんだ。お前が悪いくせに、泣くんじゃないっ」

その通りである。しかし、自分の不手際が身に染みてわかるからこそ絶望的な気持ちだった。悪い、悪いと追い打ちをかけられるもんだから、怒りが湧いてくる。

「どうせ私が悪いんだよ。そんなの、わかってるよっ」

怒鳴り返したら、父は無理やり押さえつけて私を正座させ、「お前はバカだ」「最低だ」と始めた。

「お前の夢だったんだろ。留学したいから、これまで頑張ってきたんだろ。三年生で行くんじゃ、遅い。行くなら二年だ。それじゃなきゃ、許さん。それとな、他の方法で留学するのは、俺は許さないからな。ちゃんとした方法で留学しなかったら、行かせないからなっ」

父の言う「ちゃんとした方法」とは、YFUで留学しろ、ということのようだった。

✣

次の日、学校が終わってから一人で立ち寄ったのは「トアルコ」だ。デパートの裏手、ちょっと目立たない場所にある喫茶店で私はその夏アルバイトをした。皿を洗ったりコーヒーを運びながら、マスターには好きな男の子のこと、映画のこと、学校のこと何でも話した。丸顔で体全体もふっくらとしたマスターは、当時私の知るどんな「おじさん」とも違い、威圧感や説教臭さはみじんもない。真っ赤なミッキーマウスのエプロンがよく似合っていて、心は乙女のような人だった。

二学期が始まってからも、時間を見つけては、マスターに会いたくて店に足を運んだ。忙しかったランチタイムの名残りで夕方になっても皿を洗っているマスターの向かいに立ち、洗い終わった皿を拭きながらお喋りする時間が楽しかった。アイスコーヒーを牛乳で割ったアイスオレを出してくれるので、それを一気に飲み干して、電車の発車時間七分前になると猛ダッシュで駅へ向かう。トアルコは、私にとってのオアシスになっていた。

その日、外階段を勢いよく二階まで駆け上がって扉を開けると、マスターが椅子に座って紙ナプキンを折っている。客が誰もいない、静かな夕暮れ。いつものクラシック音楽でなく、テレビドラマ『北の国から』のサウンドトラックが流れていた。

留学の申し込みに間に合わなかった話をして落ち込んでいると、「まだ間に合うんじゃないの？」と、マスターがいつもののんびりした口調で言う。

「だって、まだ選考のテストが終わってないんでしょ」

ふわっと笑顔で言われたら、なんだかそんな気もしてきて、私は大急ぎで家へ帰った。

いちかばちか、ＹＦＵの窓口に電話をかける。

「期日を過ぎていても、まだ書類は間に合いますか？」

マスターの言う通り、もしかしたらという期待があった。電話に出たのが感じの良い女性で、「何とか、間に合うわよ」と言ってくれて応募書類を送ってくれることになった。天から地に落ちて、また天に昇った気分だ。大丈夫かもしれない、いや、きっと大丈夫。

ところが、送られてくるはずの書類を首を長くして待っても、届かない。しびれを切らして再度電話をかけると、今度は別の女性が出て「申し込み期日は過ぎてますよ」と、すげない返事である。

そこでまた、かくかくしかじか、前に電話に出た人が間に合うと言ってくれたので、書類を待っていて……という説明をすると、まったく感情のこもらない声で「わかりました」とその人は言い、書類を送る約束をしてくれた。明らかに面倒くさがっている。もし数日前の電話に出たのがこの女性だったなら、私は希望の光なんて見ることもなく諦めたと思う。

✣

九月二九日、母と私は高校の校長室にいた。来客用のソファーに案内され、校長先生、教頭先生と向き合う形で座り、私の横には担任のT先生が席についた。

「困りましたねえ」

校長の開口一番が、これだった。

「今回、あなたの留学の話を私が担任から聞いたのは、先週のことですからねえ。いくら何でも、急に言われましてもねえ」

校長がそう言うのも当然だ。ほんの二週間前に事態が動き出したのだ。私自身が一番驚いていた。

「留学といえば、うちの学校でも最近アメリカから戻ってきた三年生のKさんがおりますけどね、彼女みたいに二年生でテストを受けて、三年生になってから一年間行ったらいいんじゃないでしょうかね」

「そうですねえ、校長先生のおっしゃる通りですねえ」

「あなたも、この一年でもっと学力をつけてから、留学試験に臨めばいいんです。突然むこうに行って、やっていけますか？　あなたの学力で、アメリカの授業についていけるんですか？」

「そうですよねえ、校長先生」

ものの五分で、こういう展開になっていた。まさか反対されるとは露ほども思っていなかった私は、あっけにとられて担任のT先生を見ると、T先生は困ってしまって額の汗を拭きながら口をぱくぱくさせていた。

ここで負けてはいられない。

「今年留学の試験を受けて合格しても、アメリカへ行くのは来年の夏からです。まだ一年あります。今から勉強すれば、いいと思います」

私が反論したら、すぐさま校長は「いやあ、あなたの成績はよくわかりませんけどねえ、でも難しいでしょうねえ」と教頭の方に顎をしゃくり、教頭は教頭で「そうですねえ、校長」とさっきから何度目かの同調をする。

なぜここまで言われるのか、さっぱりわからなかった。さらにわからないのは、教頭である。『水戸黄門』に出てくる悪徳商人さながらに、左手の甲をさすりながら、ニヤニヤ笑って「そうですねえ」と校長の顔を覗き込む。こういうのってゴマすりだ。ゴマすりの時、人は本当に手の甲をさするもんなんだ、と腸《はらわた》が煮えくり返りそうになりながら教頭の手ばかり見ていた。

「私、学校の成績が良くないのは自分でもわかってます。でも、一年先延ばしにしたところで、アメリカでやっていくための力は変わらないと思います」

やっとのことで合格した進学校だ。中学時代は成績がそれなりに良くても、高校生になると優越感なんてこっぱみじん、一学期のテストでは後ろから数えたほうが断然早かった。だから成績云々と言われれば、返す言葉など持ち合わせていなかったけれど、そもそもアメリカで暮らすことと、高校の成績をそこまで結び付ける意味はあるんだろうか。

「アメリカの学校の授業は、大変なのはわかってます。でも私、やっていけると思います」

不覚にも涙がこぼれ、腹がたつやら反対のされ方に納得がいかないやらで、私は混乱していた。

「君が言うのは、しょせん屁理屈でしかないね。これだけ言ってるのに、君は全然わからないんだねえ」

校長と教頭のふたりが、顔を見合わせて呆れ顔で笑った。バカにされているのが、ひしひしと伝わってくる笑い方だった。

いまだに、あの時なぜ、あそこまで強硬に反対されたのかがわからない。全校生徒が集まる朝礼であいさつする時、校長は「外の世界を知ることは、素晴らしいことです」なんてことを、常々言っていた。

「自分の目で、ぜひ世界を見てください」と、小さい体を反り返らせながら、海の向こうに思いを馳せる冒険者みたいな顔をして生徒に語りかけていたのに、それをいざ実践しようとする生徒があらわれた途端に、無理だ、ダメだ、と阻止である。定年間際に、もし生徒に不祥事でも起こされたら困るからなのか。

アメリカ留学から帰ってきたばかりのK先輩にその後会いに行くと、「私も反対されたんだよ」と、憤慨していた。「なんで君は、三年生なんていう受験で大変な時期にアメリカに留学するんだって、さんざん嫌味を言われたよ」

K先輩はYFUの留学生ではなく、別の機関でアメリカに留学していた。高校を一年間休学して、ひとつ下の学年に編入したばかりだった。

「きっとこの調子だと、今年留学を先送りさせて、私の時と同じで、来年になったらまた反対するにきまってるよ。負けちゃだめだよ」

K先輩の言葉は、背中を押してくれた。

✣

「なんか、腹がたっちゃったよ」母が珍しく、私と同じ感想を持っていた。「だってさ、なんで直美があそこまで言われるのか、わからないよね。本人は留学したいって言ってるのに、無理だとかなんだとか、そんなことばっかり言ってやめさせようとしてるんだろ。あそこまで言われて、悔しかったよ、あたし」

母は、その悔しさを言葉にたっぷりと滲ませて、その日の夕食の場で父に報告をした。父は、強いて言うならば、反権力、反体制の人である。解釈に相当のずれはあっても、ペンは剣よりも強し、である。

母から、校長と教頭が頑なに娘の留学を反対していたと聞かされたもんだから、父は「そうか」と、家族の一大事に立ち向かうみたいな顔つきになった。

「よし、直美、負けるな」

しゃがれ声で応援してくれたのだった。

そもそも、まだ留学試験を受けてもいない。その段階で学校から反対されたもんだから、落ちて校長と教頭を喜ばせることは我慢ならない。一〇月に入り、ついにYFUの筆記試験と面接が行われた。関東ブロックの学生たちは、埼玉県浦和市の会場に集まった。留学という一大決心をしてきた者同士、口を開いてみれば仲良くなるのはあっという間だ。気軽にお喋りするうちに、学校に留学を反対された話をすると、皆がびっくり仰天して「そんな話、聞いたことない」と怒ってくれた。なんだか、自分の世界がちょっとずつ広がっていく喜びもあった。トアルコのマスターしかり、留学試験で出会った子たちしかり。それまで、学校の友達と教師、隣近所という狭い世界しか知らなかった自分が、外へ外へと踏み出している実感があった。

合格通知が届いた時には、両親も喜んだ。めでたし、めでたし、で私は留学の切符を手にしていた。我ながら、恐ろしいくらいにうまくことが進んでしまった。

でも、数十年たった今になって、あれは何だったんだろう、と思うのだ。留学が決まるまでの一連のことは、我が家族を熟知する者が最高の演出をしてくれたんじゃないだろうか、と言うしかない。それほど完璧な筋書きだった。

なぜなら、ＹＦＵの応募に間に合わないと知った時点で、父は娘の至らなさに激怒した。本当は、あの頃の父はまだ娘の留学を許す気持ちになっていなかったはずだ。正直、嫌だったのだ。ところが、予想外の展開のせいで、ＹＦＵでの留学をあっさりと認めてしまった。ＹＦＵしかダメだからな、二年生で行くのしか許さないぞ、と宣言してしまった。私にとっては、どさくさの中で了承を得た形だ。

その後、校長と教頭の反対にあって、いつもバラバラの家族が意見をひとつに、「まずはテストに受かって、相手を見返してやろうじゃないか」と同じ方向を向いた。あれも、不思議である。大人になった今でさえ、校長と教頭があそこまで頑なに留学をやめさせたい理由がわからない。なんせ目の前の相手は、涙をこぼして留学したいと訴えている学生なわけで、それを見て、鼻で笑う気持ちなんてさっぱり理解できない。あれこそ、誰かの演出か。彼らはあの日、必死に役を演じていたのか。そうじゃなければ、説明がつかないのだ。あの時反対してくれて、感謝している。

ちなみに、高校の他の先生方は皆が応援してくれた。「留学がんばれよ」「楽しみだね」と、声をかけてくれたおかげで、安心して留学することができたのだった。

母の助けも大きい。最終的には、母が父を説得してくれたようだ。実は一年後の夏、いざアメリカへ旅立つ直前になって、母の乳がんが見つかった。薄々私も気づいていたけれど、あえて検査結果や手術の日程を聞くことをせずに、私はアメリカへ旅立ってしまった。母はがんの入院と手術にどれくらいお金がかかるのか見当がつかず、留学費用のことを心配したようだが、それを知った父の姉夫婦が私の留学費用を負担してくれることになった。お盆の日の夜に駆けつけてくれた伯父と伯母には、留学でもお世話になったのだった。

小学六年生の時の夢が、たくさんの人の助けを得ていよいよ叶うこととなった。

✣

日本を発つ日、朝から胃がチリチリと痛み気分は最悪だった。いつだって、そうなのだ。決断はするものの、その時になると怖気づく。嫌になって逃げたくなる。

その日、中学時代の同級生十数人が、早朝の出発に合わせて、我が家の前に集まって見送ってくれた。トアルコのマスターまでそこにいた。すべてサプライズで皆が計画してくれたことで、その時点でもう完全に、アメリカへ旅立つことが嫌になってしまった。

父が運転する車で空港へ向かう間、すでに友達が恋しくて泣き続けた。悲壮感いっぱいに成田空港の出発ロビーへ到着すると、他の留学生はみんなが笑顔で、もう待ちきれない、といったところだった。

成田からサンフランシスコまで飛び、そこからは他の留学生四人とともに小さな飛行機に乗り換え、南下して降り立ったのがベーカーズフィールド空港だ。サンフランシスコとロサンゼルスの間に位置するカリフォルニア州ベーカーズフィールドは、油田の街。事前の情報では、私が滞在するハーリー家のホストファーザーは、油田関係の会社に勤めるエンジニアで、ホストマザーは専業主婦、高校生で私と同い年の女の子が一人いるはずだった。

飛行機のタラップを降りると、目の前にフェンスが広がっていて、こちらに向かって手を振る人たちの姿があった。私たち留学生五人に、あっちからもこっちからも視線が注がれ、どの子が「タマミ」なのか「ハヤト」なのか、名前を書いた手作りボードを掲げながら、それぞれのホストファミリーが興奮して泣き笑いみたいな表情でこちらを見ていた。

そのなかに、「ナオミ、ナオミ」と叫ぶ金髪の女の子がいた。キムだった。はにかんだ笑顔が可愛くて「アイム　ケアーム」と甘くとろけそうな声で名乗ると、照れくさそうに私の肩を抱き寄せてくれた。その後登場したのが、キムの三倍の大きさはあるダッド(お父さん)で、抱きしめられたら埋もれそうになった。マム(お母さん)は、小さな犬を抱きながら、そんな様子をにこにこと見守っていた。カールした赤毛と真っ白い素肌にそばかすのある、チャーミングな女性だった。

そのまま、キムの運転する車に乗って家へ向かう。その時点で、すでにカルチャーショックである。私と同じ年の子が、車を運転する。しかも彼女の愛車はトヨタの真っ赤なトラックで、大きな荷台付きときている。ふたりっきりになって、もう一度彼女の名前を聞いたのだけれど、「ケアーム」という音がさっぱり聞き取れない。ダッドの名前の「アル」も同じだ。ルの部分は、舌を上の歯の裏に当てるだけで、音がない。マムの「ナンシー」だけは聞き取れた。早見優の歌「夏色のナンシー」が前に流行っていたし、当時の大統領ロナルド・レーガンの奥さんもナンシーである。

その後「キンバリー」を縮めると「キム」となり、それをアメリカ人が発音するとケアームと甘ったるい響きに変化するということを、文字を見ながらようやく理解した。名前からして、こんな具合である。英語だけ、英語しかない暮らしがとうとう始まってしまった。

アメリカでの最初の食事、それは宅配のピザだった。ペパローニ・ソーセージの肉汁がチーズに溶けだした分厚いピザを、家族四人で分け合った。『E.T.』で見た、あの大きなピザである。芝生のある広い裏庭にテーブルをセットし、薬臭い変な飲み物「ドクターペッパー」をメガホンみたいなプラスチックの容器にたっぷり注いでもらった。私が一口飲んで「うへえ」と顔をしかめると、三人は大笑いをした。続いて、ピザを頬張る姿を皆がじっと見つめるのに応えて「グッド」と親指を立てると、満足そうに三人が頷き合った。昼食を終えると、ダッドは仕事場へ戻っていった。

「冷蔵庫の中のものも、家の戸棚にあるものも、何でも自由に飲んで食べていいのよ」

マムが、食べきれなかったピザの残りを空き箱に戻して、そのまま冷蔵庫に入れた。ハーリー家の冷蔵庫の中はすっからかん状態で、オレンジジュースとブドウ、ヨーグルトとバーベキューソースくらいしか入っておらず、大きなピザの箱を余裕で入れることができるのだ。

「私、アツアツのより、冷蔵庫に入れておいて一日たったピザが大好物なの」

キムは、私に伝わるようにゆっくりと喋ってくれるのだが、私の聞き間違いかもしれない、とその日は思った。

翌朝、干からびたみたいになった硬いピザを一切れ冷蔵庫から取り出すと、温めることもせずにむしゃむしゃと口に入れるキムの姿を見つけた。

「やっぱり、これが一番」

実に美味しそうに食べる姿を見ながら、ずいぶん遠いところに来たんだなあと思った。

II

アメリカの家族

トイレでかじるドーナツ

「じゃあね、ナーチ。グッドラック」の一言で、キムは人波に消えてしまった。不意を突かれたとは、このことだ。まさか、私をひとりぼっちで放り出す気？　履修登録の用紙を握りしめ、必死に自分を奮い立たせる。自分の力で、何とか乗り切るしかない。

一時間目は「東棟の2B」とあるのだが、どのビルが東棟なのかわからない。キムがさっき、「あっちの建物の横を通り抜けて、向こう側にある建物がどうたらこうたら……」と言っていたけれど、半分上の空でちゃんと話を聞いていなかった。

だって、留学生だよ。初日だよ。学校のサポートがないわけ？　心細さと不満をぐっと呑み込んで、人の波に逆らうようにして歩いた。まるで、テレビで見たことのある東京の通勤ラッシュだ、と思った。

やっとたどり着いた教室の空いている席を見つけて座ると、唐突に数学の授業が始まった。新学期スタートの日で、教師と生徒たちは初顔合わせのはずなのに、自己紹介も挨拶も何もなく、淡々と数学の授業が進んだのは意外だった。再びベルが鳴った途端に、今度は弾かれたように、みんなが教室を飛び出して行く。

またもや、履修登録の用紙にある次なる教室を目指して移動せねばならない。芝生を歩いて道路を一本横切ってから、人の良さそうな子に声をかけて目的の建物を教えてもらう。次の教室でもやっぱり、淡々と授業が始まって終わる、それだけなのだった。丸一日、その繰り返し。教室に何とかたどり着くと、あとは、ぽかーんとしているしかない。どの教室でも、「日本からの交換留学生です」と私を紹介してくれるような教師はいなかったし、私を見て留学生と気づく生徒もいない。だったら自分から、ということで「私、日本からの留学生なの。今日が初日だから、よくわからなくって」と、頭の中で言葉を用意してから隣の席の女の子に声をかけたら、ふーん、と鼻であしらわれた。

「イッツ　クール(かっこいい)」

言葉とは裏腹に無愛想に言われて、面食らってしまった。興味なし、と顔に書いてあった。

私が通うことになったベーカーズフィールド高校(BHS)は、生徒数が三〇〇〇人を超えるマンモスサイズの公立高校だった。アメリカの高校は四年制で、日本でいう中学三年生がフレッシュマン、高一がソフモア、二年はジュニア、三年はシニアで、キムと私はともに九月からジュニアの新学期をスタートした。

日本の高校との一番の違いは、勉強する科目を自分で決められる履修登録制だ。学期の始まる前に、担当カウンセラーと相談して授業の内容や難易度を考えて教科を登録する。私の担当カウンセラーは、ミスター・マクマナスという髭の男性で、早口でせっかちなところがあった。まだ夏休み中だった八月末に学校で面談をして、どんな教科を取りたいかを伝える機会があったのだが、その面談中に私がたびたび彼の言葉を理解していないとわかると、露骨に困った顔をするのがプレッシャーだった。その後、クラスを何度か変更しようとするたび、ミスター・マクマナスのもとを訪ねて行って直談判することになるのだが、こちらの希望を伝えるのにだいぶ苦労した。

履修登録といっても、日本の大学のように一週間分のスケジュールを組み立てるのではなく、一日六時間分、六教科を決めたら、毎日同じスケジュールで半年間を過ごさねばならない。初日こそ、だだっ広い敷地内にいくつもある建物の間を行ったり来たり、各教室にたどり着くまでにへとへとになっていた私だが、場所を覚えてしまえば今度は単調な日々の繰り返しだ。

たとえば一時間目にコーラスの授業をとったら、毎日一時間目はコーラスである。朝一番はいまひとつ声が出ないな、と途中で気づいても手遅れだ。四時間目のタイピングの時間は、いつだってお腹が空いていた。ランチ後の歴史は、常に眠い。つまり、日々のメリハリというものがない。慣れてしまうと、単調すぎる毎日に飽き飽きしてしまった。

実のところ、私には淡い期待があったのだ。留学生は注目を浴びてちやほやされるものだと、心のどこかで思っていた。いや、ちやほやまでいかなくても、興味を持たれる存在だと勝手に信じていた。学校に行けば、「どっから来たの?」と好奇心を向けられる。その時がチャンスだ。友達になりたいと思わせるような、フレンドリーな受け答えをしなくちゃいけない。日本のことを知りたい皆さんの期待にこたえられるよう、前もって準備をせねば。

日本を発つ前、私はせっせと身の回りの写真を撮った。毎日通学で使う電車の車内、駅のホームに立った時、山すそから姿を見せるオレンジ色と緑のボディの電車(鉄チャンが喜びそうな構図)、高校の授業風景、バレーボール大会の様子。教室で友達同士、机を寄せ合ってお弁当を食べている写真もあった。私の弁当のアップ写真。ご飯の上のこれは「梅干し」っていう食べ物で、すっぱくて……英語で言えるよう、練習もした。いつでも誰にでも写真を見せられるように、小さなアルバムにまとめてリュックの中に忍ばせてあった。

ところが、写真の出番がない。日本のことを知りたい、なんて人に出会う機会がない。全校生徒三〇〇〇人の内訳はそれこそ多種多様で、白人、黒人、ヒスパニック系、アジア系、インド系、というのがおおざっぱな分け方で、アジア系のなかには、中国、韓国、タイ、ラオス、ベトナム、日本、とざっと見まわしただけでも各グループが存在した。そんな人種のるつぼが、授業が終わるごとに民族大移動のように、一斉に動き出すのだ。渋谷の交差点を横切るくらいの混雑ぶりで、建物の中に入ると肩同士がぶつかりあう。教科書を入れておく個人ロッカーにたどり着くためには、人波をかきわけて、ぐいぐいと進まねばならなかった。

✣

学校が始まって一週間がたち、一か月たっても、教室から教室へと移動するだけの毎日に変化はなかった。誰にも写真を見せる機会なんて訪れない。挨拶をし合えるような人も、授業のわからないところを教えてもらえるような人も見つからない。

だから、必死にもがいていた。背の高いアメリカ人に埋もれないよう、気づけばいつもつま先立ちで背伸びをしていた。

「そのピアス、素敵ね」は、よく口に出した。「あら、ありがとう」で終わる。「日本から来たの」と言えば、「あら、そう」と、やはり気のない返事。「そういえば、日本人のグループをカフェテリアで見たけど、あなたもそこにいるんでしょ」という具合だ。

日本人のあなたは、そっちのグループに属しているのよね、と暗に突き放されているようで、友達になりたいというアピールは空振りに終わる。モテない男子が、必死に女子を口説こうとしてすべりまくっている、そんな空気。自分でもわかっていた。会話というものが先へ進まない。たぶん言葉以前の問題で、「あなたのこと興味ないのよ」と言われているのも同じだった。

そんなふうだから、日本の高校が恋しくてたまらないのだった。「2年5組」という、あの独特の空間。毎日、同じ教室の同じ席に座ればいい気楽さ。喋るスピードが遅くたって、のろまな答えしかできなくたって、少なくとも目の前の相手に逃げられる心配がない。思い返せば、私だって同じクラスに苦手なタイプはいた。でも、座席が近くていつも接するうちに、じわじわっとその子のことがわかってきて、仲良くなっていたりする。

私に必要なのは、そういう長期戦だった。一発勝負の会話術では到底かなわないから、じわじわっと良さをアピールしたいのに。

「べんばあ」が懐かしかった。高校の保健室の主、養護教諭である。靴下が派手だという理由だけで、「ちょっと、あんた」と追いかけられ、逃げ隠れした日々がつい二か月前とは思えなかった。私たちは養護の先生のことを、愛と皮肉を込めて「べんばあ」と呼んでいた。我が伝統校の淑女たちよ、淑女たるもの身の回りをきちんと整えよ、の信念の元、服装とトイレ掃除に手厳しい先生だった。

「舐めてもいいくらいまでピカピカに、雑巾で磨くもんだよ」と、私たちとおそろいの体操着を自らも着用し、四つん這いになってトイレの床を磨き上げる。予備のトイレットペーパーは、「ピラミッド状に積み上げて、バンビちゃんの絵が全部こっちを向くように」と徹底していた。

「便所ばばあ」で、べんばあ。映画の『ベン・ハー』っぽくていいよね、というわけだ。服装や持ち物にとやかく言う教師は、高校の中ではべんばあひとり。〝自由な校風〟が自慢の女子高だったけに、彼女の存在は異質で際立っていた。

そのべんばあさえが、懐かしかった。いや、べんばあだからこそ、無性に思い出された。彼女は毎年新一年生が入学してくると、各クラスの集合写真を手元に置いて、名前と顔を一致させる。「ほら、あんた」の次に、その生徒の名前をちゃんと言えるよう、日々学習していた。あれは、すごかった。あの、他人に介入しようとするエネルギー、意欲、関心度の高さ。一言でいえば、お節介な人だった。そして今、私が求めているものこそが、お節介なのだった。

ベーカーズフィールド高校では、落書きだらけの汚いトイレを、ヒスパニック系や黒人の女性が黙々と掃除していた。鏡の前でアイシャドーを塗るのに夢中の生徒の隣で、すまなそうに遠慮しながら拭き掃除をする。ガムをべっとりと壁にはりつけて、知らんぷりをして去っていく子もいれば、トイレットペーパーを面白半分にじゃかじゃかと引っ張り出して、そこらへんに投げ捨てていく生徒もいた。掃除の人は、黙ってそれを片付ける。べんばあがこれを見たら卒倒するだろうな、と思う光景だ。

私にとってラッキーだったのは、キムの存在だ。ホストシスターのキムは、私の喋る言葉をじっと待っていてくれた。途中でイラついたり諦めたりせず、大げさに目玉をぎょろっとして「ハーッ」なんてため息をつくことは決してしない。

✣

だから最初の頃、私はいつだってキムの傍らに、お邪魔虫のようにくっついていた。キムには仲良しの女友達、ランダとアンディがいて、彼女たちはいつも三人一緒だったので、仲良し組に混ぜてもらった。どこかへ出かける時、アンディは自分の家の車を運転したので、キムのトラックに乗るのはランダと私である。

しかし、このランダが曲者だった。どこかへ行く時、当然自分が運転手のキムの隣に座るもの、と彼女は思っていた。キムの赤いトヨタのトラックの助手席は、ふたりが楽に座れる広さだった。最初ランダの性格に気づかなかった頃、彼女の家まで迎えに行くと、ドアを開けてそのまま私が真ん中に移動した。窓際の隅っこに座った時の、ランダの表情といったらない。

「私は、あんたよりも前からキムの親友なのよ」と言わんばかりの不満顔で、以来、私はランダがいる時には一旦車を降りて、真ん中の席を譲るようにした。

彼女はいつもデオドラント剤を持ち歩いていて、ひっきりなしにわきの下に塗りたくる。天然カールのショートヘアは、スプレー剤でふんわりキープ。彼女が隣に座ると、むせ返るほどの甘ったるい香りに包まれる。そして、ラジオからビーチ・ボーイズの曲が流れると、途端に〝手の平くねくね〟が始まった。始めはシャクトリ虫が動いてるみたいだと思ったのだが、どうやら「波」の形を表現していて、右手に続いて左の手の平もくねくねさせながら、歌って踊るのだ。車内は、さながらディスコのノリになった。

同名の映画がヒットした「ラ・バンバ」も、ランダとキムのお気に入りだった。私はこういう時、へへへと笑うしかない。ひたすら、居心地が悪いのだ。

実のところ、ランダとはアメリカに着いてすぐの頃からどうも相性が悪かった。まだ学校がスタートする前の夏休み中、こんなことがあった。

いつものように夜のドライブに繰り出していて、ガソリンスタンドの売店に寄ってジュースを買っていると、キムとランダの友達何人かとばったり会い、そのまま公園でお喋りすることになった。ブランコに座りながら男の子たちと喋るランダを、私はあっけにとられて眺めていた。何でこんなに早口なんだろう。ここまでくると、音楽を聴いているみたいだと思いながら、どこかに私の入り込める糸口は見つからないかと、耳だけは傾けていた。

ランダは、まったく遠慮がない。キムが私にわかるように言葉を選んで丁寧に喋るのを、ニヤニヤしながら眺めていて、自分はいつもの猛スピードで一気に喋る。だから、私はいつだってランダの言葉が聞き取れなくて聞き返すと、お手上げだわ、という顔をしてため息をつく。嫌味なのだ。

その日も、容赦なくスピード全開の会話だった。すると、男の子ふたりが私のほうを振り向いた。ランダが何か言っている。

「だから言ったでしょ。ナーチは私の言ってることが、理解できてないんだもん」

ケラケラッと笑った。私は確かに、その言葉さえ理解できていなかった。振り向かれたので、愛想笑いみたいな表情をしたのだと思うが、男子ふたりはランダに対して、ちょっとたしなめるような視線を送った。その瞬間、ランダの言葉の意味が追いついてきた。

「ナーチは、理解できてないんだもん」確かに、そういう意味だった。しかしその時点で、「やっぱり、そうでしょ」とランダは開き直り、男子ふたりも、「確かにあの子はわかっていないよ」と笑い合い、そのままあっけなく別の話題に乗り換えてしまっていた。

え？ である。完全に馬鹿にされている。怒りが、ランダに対しての憤りが、ふつふつと沸き上がってきているのに、相手はもう、私など眼中にない。会話のスピードについていけないというのは、怒るべき時に怒り損ねる、という事態を引き起こす。さらに、このやるせなさ、腹立たしさを表わす英単語を知らない。へらへら笑いまで見せてしまった。うううううう、と心の中で呻いて、怒りを呑み込んだ。

これについては、後悔している。アメリカにいる間ずっと、いやいや三〇年以上たった今でさえ、あんなちっぽけなことなのに悔やんでいる。日本語で「ふざけんな」くらいのことを言うべきだったのだ。せめて一発小突くくらいの度胸が、私には必要だった。

それができたら、その後のランダの高飛車さは違ったかもしれない。彼女のことだから私とは一切口を利かなくなったかもしれない。どっちにしろ、あの日怒りそびれた私は、その後もずっと、彼女に対して怒りたいのに怒りそびれる、という間柄になってしまった。

もう一人のキムの親友アンディの家には、コニーという美男子のドイツ人留学生がホームステイしていた。アンディは、トム・クルーズ似のコニーを連れて歩くことがいつも嬉しくてたまらない様子で、ボーイフレンドができたみたいにはしゃいでいるのが、私の目にもわかった。

キムの男友達タッドの家にも、ドイツ人留学生のイエンツがやってきた。同じドイツ人でもイエンツはもっさりしたオジサン風で、気難しい顔つき。一見するととっつきにくいのだが、温和で優しいタッドとイエンツの相性は良いみたいだった。この年、キムの仲間うちでは、ＹＦＵの交換留学生を受け入れるのが流行ったようで、他にも何人か身近に留学生たちがいた。

✣

学校へは、キムの運転するトラックに乗せてもらって通った。途中でランダの家に寄り、真ん中の席を彼女に譲ったら、私は窓の外を眺めながら学校までの道のりを過ごした。何に驚いたかって、高校生が自分で車を運転して通学することだ。学校の駐車場は大型ショッピングモール級にだだっ広く、スポーツカーから大型トラックまで、あらゆる種類の車が並ぶのだ。ランチともなれば、車に乗り合わせて昼ごはんを食べに行く生徒たちで、学校周辺は大渋滞になる。

もうひとつ驚いたのは、教習所に行かなくても高校の授業で車の運転ができるようになることだった。始業のベルと同時に、教習用の車が次々と学校の敷地から外へ走っていくのを見て、最初は目を疑ってしまった。

学校が始まって一か月は、頼れるのがキムしかいないということもあって、完全にキムにべったりである。ランチの時間も、車に乗せてもらってピザハットやタコベルなどのファーストフード店についていく。コニーやイエンツたち留学生も一緒のことがあって、そんな時には大きなピザをみんなで分け合って頬張り、巨大ピッチャーのコカ・コーラを注ぎ合って飲むのが楽しかった。

しかし一か月が過ぎた頃、キムも私も疲れてしまった。たぶんキムのほうが、相当なストレスだったと思う。どこに行くのも私がもれなくついてくる状況は、鬱陶しくてたまらなかったはずだ。

ランチの時、キムやその友達は盛り上がって楽しそうだった。その日によってメンバーは増えたり減ったりした。友達のだれだれが、だれだれと付き合うようになって、映画に行ったらどうだった、うんぬん。きゃっきゃっと笑う。よく聞き取れなくとも、たぶんそういうことだ。私も日本でしていた会話だ。仲間同士で共有し合う、無邪気な内容。それを、キムが時々通訳してくれた。ぽかんとしている私のスピードに、言葉を変換してくれた。

昼食後、次の授業へ向かう時、「バーイ、キム」とキムには笑顔で手を振るランチ仲間の女の子たちが、目の前の私には何も言わないのだった。目も合わせない。あれ？　聞こえなかったのかな、と思って大きな声で「バーイ、ケイティ」と、こちらもちょっと大げさに声をかけるのに、無視である。私は、その場にいないも同然なのだった。

ランダがそうであったように、アメリカの女の子というのは、実にストレートで容赦ない。意見を言えない者は、いない者として扱われる。キムにくっついている日本人の女の子には、誰も興味がないのだった。

キムのではない、私自身の友達を見つけよう。それが、命題だった。「これからは学校のカフェテリアで食べるね」とキムに伝えた。通学は、スクールバスを使うことにした。ほっとしているキムと私がいた。

スクールバスの停留所は、家から二分のところにあった。各停留所を経由して学校へ向かうため、バスは普段キムが通っていた大通りから一本入った路地を通る。景色をぼんやり眺めて過ごす三〇分間は案外気楽で、ランダの横に座るよりも居心地よかった。

ほどなくして、地区によって雰囲気が違うこと、そして途中で乗ってくる生徒たちの服装や喋り方までが、ハーリー家の辺りとはずいぶん違うことに気づいた。ハーリー家のまわりは一軒ごとの敷地が広く、どの家にも広い庭がある。ハーリー家は、バドミントンの打ち合いができるくらいの広さの裏庭に、ジャグジーバスも備え付けてあって、星空を眺めながら泡風呂に入れる。隣の家には、スイミングプールがあって、「いつでも泳いでいいのよ」と言われていたので、キムと一緒に泳ぎに行ったこともある。それが、かなり恵まれた環境だということはわかっていても、アンディの家もタッドの家も同じような環境にあったので、いまひとつピンとこなかった。

スクールバスに乗っていると、道幅と家同士の間隔が狭くなってきたなあ、という地区を通る。壁に落書きを見つける。ガレージの車が、かなり古い。おばあさんが椅子に座ってテレビを見ている姿が、開け放した玄関から丸見えだ。

停留所で乗ってくる子たちは、鼻やへそにピアスをしていたり、ジャラジャラと鎖のアクセサリーを巻き付けていて、座席に座ると一気に賑やかになった。喋り方は、どこか投げやりな感じのする、キムたちとは違う音の響きなのだった。

学校から帰るのも、やっぱりスクールバスを使った。放課後は、開放感でいっぱいだ。この時、アメリカのティーンエイジャーの実態を目《ま》の当たりにした。キスと抱擁の嵐である。黄色いスクールバスは、発車時間になるまで行先ごとに何台もが連なって停車している。

私など特にすることもないから、発車の時間まで座席に座って待っているのだが、路肩のあっちでもこっちでも、抱き合ってキスしている男女がいる。なかには背中をのけぞらせて長い髪を振り乱している子がいたり、ほとんど下着みたいなワンピースの裾をたくし上げていたり、なんだか尋常でない。大好きな彼、彼女と別れるのが名残惜しいらしいのだが、あれは絶対、バスの中にいる観客を意識しながらやっているとしか思えない。気分は映画俳優といったところで、「さあ、バスが出るよ」の合図で、ようやく唇を拭いながらバスに乗り込んできたりする。ジャラジャラと鎖のアクセサリーを大げさに揺らして、すでにバスの座席で待っている者たちの視線を意識しながら、最後に席につくのだ。

そういう交際の先にあるもの。まさか、と最初は思ったが、ベーカーズフィールド高校は、子連れで登校できる学校なのだった。ベビーを抱っこしていたり、よちよち歩きの子どもの手を引いて校内を歩くあどけない顔の生徒の行き先が、託児所だった。連れられてきた子どもをお世話する、「保育の授業」が履修科目に存在するところも、アメリカである。

日本の片田舎から来たばかりの女子高生にとっては、カルチャーショックなんて言葉では言い表せないものがあった。バスに揺られながら、どの子となら友達になれるだろうかと、いつも周りを見回していた。キムのじゃない、私の友達。アメリカ人の私の友達。

ある時、親しみのこもった表情で後ろの座席から私を見ている女の子に気づいた。ＹＦＵのスウエーデン人留学生マリアは、ヨーロッパから来た他の留学生のように英語が流暢でなかった。ビン底眼鏡で、ちょっと舌っ足らずな喋り方をするマリアと私は、自然と隣同士に座って通学するようになった。

✣

さて、ランチの時間。ひとりぼっちなのだった。キムの庇護から離れ、行くところは校内のカフェテリアである。所在なげにうろうろしていると、入り口で日本人のジョージとミホに会った。ジョージは別の留学団体で来ていて、ミホは同じYFU留学生である。あの日、サンフランシスコからベーカーズフィールドまで同じ飛行機で飛んできた日本人五人は、それぞれの家庭に引き取られバラバラになった。唯一ミホと私は、同じ高校に通うことになったのだった。

一緒に昼ごはんを食べよう、ということになって、ランチの買い方を教えてもらった。ハンバーガーと山盛りのフレンチフライ、緑色のジェロー(ゼリー)、コカ・コーラがついて二ドルしなかったと思う。日本の体育館二つ分くらいの広さのカフェテリアに、それこそぎっしりと人が集まっていた。

長テーブルにつくと、隣のミホの声が聞き取れないくらいに、周りが騒がしい。見れば、走り回る子、じゃれ合う子、喧嘩に発展しているグループ、誰が何を取ったという喚き声が響いて、挙句にモノが頭の上を飛び交ったりする。銃と警棒を腰につけた恰幅の良い黒人の警備員がカフェテリア内に数人立っていて、なんだか異様だった。

「ちょっと、うるさすぎない？」とミホに言うと、「最初は私もびっくりした」「俺も」と頷くふたりは、もうすっかり慣れたもんで、タコサラダを頬張っていた。メキシコ料理のタコサラダは、トウモロコシ粉を揚げたナチョスに、レタスの千切りと刻みトマト、香辛料を効かせた牛肉のひき肉をトッピングして、溶けたチーズとアボカドのディップ、チリソースをかけたものだ。

私が選んだハンバーガーとポテトはやけに脂っぽくて、ポテトの分量は、これでもかというやけくそ気味の山盛りだった。結局ほとんど食べられずにゴミ箱へ向かうと、ものすごい量のハンバーガーやポテト、サラダ類が、そのまま投げ捨てられてあった。

この日、私は皿の上のものをそのままゴミ箱に捨てることに罪悪感を感じたのだが、一週間もするとなんの感情もわかなくなってしまった。他の皆がするように、食べ残しを巨大ゴミ箱に放り込む。ゴミ箱はすぐに残飯であふれ、掃除の人が片づけては、新しいビニール袋を装着する。その繰り返しに、慣れてしまった。

翌日も同じ場所でジョージとミホが待っていて、一緒にランチをとった。それからは、居心地の良さもあって昼になると三人で過ごすようになった。タコサラダを持って外の芝生に座り、学校の授業のこと、アメリカの家族のこと、びっくりしたこと、呆れたこと、困ったことをとめどなく喋る。これほどの気持ちよさはない。言葉が通じる喜び。思いを共有できる、ささやかな充足感。

ただし、この蜜月も長くは続かなかった。ある日、教室を移動中にドイツ人留学生のコニーとすれ違い「ハーイ、ナーチ、学校は慣れた？」と声をかけられた。コニーの青い瞳に見つめられると、そうでなくても口が回らないのに、照れくさくて口がきけなくなる。金色の短髪も白い歯も、何でもキラキラ光って見える。

「前から気になっていたんだけど」

コニーの表情は硬かった。

「ナーチには、アメリカ人の友達はいる?」

単刀直入である。コニーを前に、もじもじするしかない。

「ランチの時、ナーチはいつも日本人と一緒にいるよね。日本語で喋っているのが聞こえた。ダメだよ。英語を喋らなきゃ。わざわざアメリカに来ている意味がないよ」

わかっていた。痛いほど、わかっていた。だから、後ろめたかったのだ。キムに見られたくないな、と思っていた。他の留学生にも知られたくなかった。特に、女子トイレの壁に「コニー ラブ」なんて落書きされるような、モテモテ男子のコニーには言われたくなかった。しかし、ここまで真っすぐに助言されると、はい、その通りです、とうなだれるしかない。

翌日から、私はジョージとミホのもとを離れてまた独り立ちすることにした。カフェテリアにひとりで座っているのは、やっぱり心細かった。いかにも、友達がいません、と言っているみたいだ。

カフェテリアの中をよく観察してみると、人種模様がおぼろげながら見えてくるのだった。まず、黒人のグループ。歌ったり踊ったり、逃げ回ったりして騒々しい生徒が多いのだけど、彼らには底抜けな明るさがあった。太っちょの黒人警備員にちょっかいを出して、時々怒らせたりしていた。女の子たちとすれ違うと、髪の毛をなでつける時につけるココナッツ油の甘い香りがした。

ヒスパニック系も、多かった。メキシコからの移民という彼らは、スペイン語なまりの英語を話す。教科書をスラスラ読める語学力がない生徒も多く、彼らもやっぱりヒスパニック同士でつるんでランチをとっている。

ある日「あなた、タイ人?」と、女の子に声をかけられた。「日本人」と答えると、ふーんという感じで、そのまま向こうへ行ってしまった。彼女が戻ったテーブルには、タイ、ラオス、カンボジア系の子たちが座ってこっちを見ていて、あの集団を代表して彼女が私のもとへ来たようだった。私が日本人だと判明するとみんな興味を失ったみたいで、もとのお喋りに戻ってしまった。もし私がタイ人だったら、「こっちへおいでよ」と、声をかけられたのだろうか。

中国系、韓国系の子たちも、やっぱり自分たちのグループを作っていた。スパイスの香りがするインド系の子たちも、なまりの強い英語を喋りながらグループ化していた。

長テーブルが並ぶカフェテリアの中、見事に人種ごとにグループ分けされている。そのことがショッキングでもあった。というのも、私の知っているテレビドラマや映画では、たとえば誰かの誕生パーティが開かれたら、絶妙な人数バランスで白人、黒人、アジア系、ヒスパニック系の〝友達〟が登場したからだ。人種のるつぼで暮らす人たちは、様々な人種どうし、自然と仲良くなるものと信じていた。

カフェテリアの中で、気の合う友達を見つけようとするのは、都会のど真ん中でやみくもに声をかけるように難しいことだった。知らない誰かの横に座って、何気なく喋りかけようなんて無理である。異グループに唐突にひとりで入っていく気にはなれないし、そもそも、どのグループに入ればいい? 何気ない共通の話題も見当たらない。そういうフレンドリーな雰囲気が、カフェテリアの中には存在しなかった。

そもそも、カフェテリア内に配置された、いかにも屈強そうで強面の警備員（あの頃の私は、警察官だとばかり思っていた）は、どう見ても外部の粗悪な人間から生徒を守るために立っていると は思えない。生徒間の争いに目を光らせるための存在で、悪いことをさせないようにそこに立っている人たち、なんだろうと思った。

マムは、私がカフェテリアで昼をとるようになってから、「ナーチ、お金は足りてるの？」と、しょっちゅう声をかけてくれた。そのたびに、私はランチ用の財布の中身を見せて、「大丈夫。まだオッケイ」と返事をした。足りなくなると、五ドルや一〇ドル札をマムが財布に入れてくれた。

YFUの規則では、ホストファミリーが三食の面倒を見ることになっていて、「キムにしているのと同じことを、ナーチにもしているだけよ」とマムは言った。学校のカフェテリアは一食二ドルもしなかったので、外の店で食べるキムに比べてお金の減り方が少なく、マムは私が遠慮していると思ったようだ。

多少の遠慮も、もちろんあった。ジョージのように他の留学団体で来ていた子たちは、昼は全部自分の支払いだったし、家族で外食した際に、「みんなのデザート代はあなたが払ってね」と言われたことがあるとも聞いた。規則とはいえ、私が恵まれているのは明らかだった。

しかし、このランチの時間は、日を追うごとに心底苦痛になっていった。ひとりで過ごすランチなんて、楽しいわけがないのだ。

ドーナツやチョコレートバーを売店で買って、移動中に食べてお腹を膨らますこともよくあった。

移動中に食べきれず、だからと言って芝生に座って食べるところを他人に（特にキムやコニーたちに）見られるのも嫌で、トイレの中でドーナツをかじった日もある。

まさか自分が、トイレでドーナツをかじる日が来るなんて思いもしなかったけれど、それくらいランチの時間をどう過ごしてよいのかわからなかった。お腹が空かなければどんなにいいだろう、と自分の食欲を呪ったほどだ。

日本のコンビニで売っているような、おにぎりやサンドイッチ、惣菜パンがあったら、私は飛びついて買ったと思う。学校の売店には、甘すぎて脳がおかしくなりそうなドーナツか、チョコレートバーくらいしか、お腹を膨らませるものがなかったのだ。

ホームシックよりも学校シックで、なかでも「おべんとうの時間」が一番恋しかった。日本では、二時間目の終わりにはもう弁当を広げていた。休み時間、仲良し同士が椅子をくっつけ合って、ひとつの椅子にふたりで座ったりしながら、四、五人でお弁当を食べる。喋ろうと、聞き役に回ろうと、気楽な時間だった。高校生ともなると、弁当の中身がどうこうなんて問題じゃなく、女子校という気安さもあって弁当の不満も自虐ネタにできるくらいになっていた。取り立ててなんてことのない、昼休みの弁当の時間である。まさか、これほど懐かしく思うなんて想像したこともなかった。

✣

実は、アメリカにいた頃つけていた日記帳が全部で四冊ある。帰国後、あえて読み返すこともなかった。悩み多き一年だったたから、日記はあの時の私を助けてくれたけれど、振り返ることは苦しくて、それができるとしたら老後だろうな、くらいに思っていた。

このたび意を決してノートを開き、一六歳、一七歳の自分自身と向き合った。テンションを上げようとして、赤や緑色のペンを多用している自分がいじらしい。毎日リュックの中に教科書と一緒に日記帳を入れ、授業中でもスクールバスの中でも、常に思いのたけをぶつけていた。

そして読み返すうちに、あれれ？　と思う。「ランチの時間をどう過ごしたか」ばかりなのだ。いや、正確に言えば、ランチの哀しみ、ランチのいらだち、ランチの失望、とにかく私の一番の関心ごとが、「ランチの時間」なのだった。

我ながらあきれてしまった。まさか将来自分が、「おべんとうの時間」の連載をしているとは思うまい。日記を読み進めるうち、おぼろげな記憶の断片が結びついてくる。

「今日は、アシェリーとふたりで芝生の上で食べた」とか「体育で一緒のクリスティに声をかけたら、ランチは他の子と外で食べるからと断られた」とある。

「ＥＳＬクラスのグラフィアラと、彼女の友達のマリアと一緒にカフェテリアで食べた。でも彼女たちは全然喋らない。食べた後でいつものように木の下に行くけれど、ここでも黙ったまま。時々、スペイン語でふたりはぼそぼそっと喋るだけ。つまらない」

そうだった、そうだった。黒髪ソバージュヘアのメキシコ移民のグラフィアラの、寡黙な姿が目に浮かんだ。ＥＳＬとは、英語を母国語としない生徒のための授業で、日本人留学生は皆このクラスを受けたが、ヨーロッパから来た留学生でこのクラスをとる人は誰もいなかった。

日記にあるのは、誰とどこで昼を食べたかである。何を食べたかは当時どうでもよかったらしく、ほとんど書いていない。重要なのは、「誰と」の部分である。毎日毎日、そのことに頭を悩ませていた。誰が、私と一緒にランチを食べてくれるのか。その時間を、どう過ごせばいいのか。

たぶん、人種が多様なカリフォルニア州という土地柄と、生徒数三〇〇〇人のマンモス校ゆえの困難さがあったのだ。田舎の小さな学校に留学したのでは、ここまでの試練はないはずだ。

友達作りの王道は、同じ授業をとっているクラスメイトと仲良くなることだ。私もそう信じていた。だから、常にクラスの中で人間観察に精を出していたのだが、なぜだかキムやその友達みたいなタイプの子が、私の周りにはいないのだった。なぜだ、なぜだ、と最初は本当に訳がわからなかった。

アメリカンヒストリー(歴史)の授業は、百科事典みたいな分厚い教科書の、真ん中あたりからスタートした。授業はいつも、教科書を読むだけ。教師がボードに何かを書くこともほとんどない。ランチの後がこの歴史で、クラスには毎日同じ時間に「トイレに行きます」と挙手をして、トイレカードをもらって席を立つ女の子がいた。

トイレカードは免罪符みたいなもので、それさえ持っていれば教室の外をウロウロしていてもオッケイというわけだ。ハンドバッグを抱えて出て行き、熱帯魚みたいなメイクを施して一五分後にその女の子が席につくと、今度は別の子が手を上げ、リレーのバトンのように、その免罪符を持って教室を出て行く。彼女たちは、ほぼ毎日それをやる。

隣の席の女の子は、授業中にいつもストローをくちゃくちゃと嚙んでいた。昼に飲んだソフトドリンクのストローだけを捨てずに持ってきて、ひたすら嚙み続けるから、一時間後には見るも無残な姿になっている。斜め前の男子は、紙切れを丸めて離れた席の友達の頭めがけて投げつけている。もう、めちゃくちゃだった。勉強なんか興味なし。みんなが、いかにしてさぼろうかと知恵を絞っていた。私とて、授業の内容はいまいち理解できていないわけだが、どう見てもクラスメイトの皆もたいして理解していないようだった。生徒同様、教師もあくびを嚙み殺しながらぼそぼそと教科書を読んでいて、熱意というものがない。

英語のクラスだって、似たようなものだった。教室の入り口付近には、別れを惜しむカップルたちが何組もいて、なかなか席につこうとしない。授業開始のベルが鳴っているのに、濃厚なキスをして絡み合いひっついている。その脇を、「ちょっと失礼」なんて感じで、教師がすり抜けて入ってくるのだ。そして授業が終わってドア付近を見れば、ほんの一時間離れていたカップルの片割れたちが、もう入り口に立っていて、ニヤニヤしながら相手を待っている。そして次の授業が始まるまでの数分間、またもやひっついて絡み合いながら過ごして、別の教室の入り口で別れを惜しむのだ。

目に映るものが、いちいち不思議だった。バカバカしかった。こういう環境の中で、気の合いそうな子がいないか、友達になれそうな子は誰か、私はひそかに人間観察に精を出していたわけだが、この子だ、という子が見つからない。

そのうちに、自分の置かれた状況がわかってきた。同じ高校にいても、キムのいる世界と私のいる世界は全然違うということに気がついた。キムが受けている歴史の授業は、教科書だって私のものとは文字の大きさからして違ったし、そもそもキムのクラスには授業をさぼるためにトイレカードをもらうような生徒はいないのだ。

大学進学コースを履修しているかどうか、の違いだった。私の英語力では大学進学コースは無理ということをカウンセラーのミスター・マクマナスが一番わかっていて、最初から「ナオミには、このクラスがいい」と、履修登録時にクラスを決められていた。移民の子たちが多い学校ゆえ、授業のレベルはいくつにも分かれ、すべて英語力次第なのだった。

実は、最初の履修登録でとった「数学」は、難しすぎてすぐに変更した。数学こそ、言葉の問題が少ないので日本人にとっては有利な教科なのに、アメリカまで来て大きらいな数学に悩まされるなんてまっぴらごめん、と早々にギブアップしてしまったのだ。卒業単位を考える必要がないので、その点は自由に選択できる。

大学進学組の生徒たちは、経済的にも恵まれている場合が多い。彼らは自家用車で通学する。家族が数台の車を所有しているということだ。または、仲間の車に乗ってくる。ランチは連れ立って外に食べに行く。つまり、大学進学コースをとっている人とそうでない人では、生活パターンや居場所まで違うということらしかった。スクールバス、学校のカフェテリアという世界には、キムやその仲間たちはいないのだ。

私から見て、魅力的に思える子はみんな大学進学コースにいた。友達になりたい、と思う子は大学進学コース。アメリカンフットボールの試合に出るカッコいい男子も、チアリーダーの女子も、もちろん大学進学コースだ。そして、大学進学コースにいる有色人種は、肌の色で集団化するよりも、もっと自由に交流していた。個人対個人で、つながっていた。

私の語学レベルでは、どう無理をしても大学進学コースの授業はとれないので、コーラスやタイピング、体育、クッキングという教科書を必要としない実践クラスを積極的に履修したわけだが、これもまた一筋縄ではいかないのだった。実践クラスは、学年をまたいだクラス編成になっていることが多い。

コーラスのクラスは、年下のヒスパニック系や黒人の子たちが多かった。黒人といえば、ゴスペルじゃないか。歌がうまそうなイメージがあるけれど、実際は、ドレミファソラシドの音階さえちゃんと出したことがない子もいて、みんなで歌を歌うという行為が進まない。コーラスなのに、ハモるなんてとんでもない。

日本の公立中学校の教育を受けた私からすると、毎年校内で合唱コンクールがあって、クラス全員強制で歌ったあれは、かなりのレベルだった。しかし、そういう背景がないとここまで歌えないものだろうか、と驚いてしまうひどさだ。

クッキングの授業もしかり。「クリームチョコレートパイ」の日は、市販のゼリーのもと「ジェロー」のチョコレート味にホイップクリームをこってり乗せるだけ、なんて具合だ。ホイップクリームさえ、生クリームを泡立てるのではなくて、スプレー缶入りのクリームを使う。

コーラスやクッキングに、もっと上級レベルはあった。実際に、ドイツ人留学生のイエンツが履修していたコーラスのクラスを覗いて、その違いにショックを受けた。白人が多く、ヒスパニック系やアジア系の移民はほんの数人だった。そのクラスには、ヘアスプレーを噴射しながらブラッシングに夢中になっている子もいなければ、チューインガムを膨らませて大喜びしている子だっていない。皆がピアノの周りに集合して、きれいなハーモニーで歌っていた。英語力の問題だけじゃないはずだ。

それでも、白人のミスター・マクマナスには私の訴えは伝わらないのだった。

「ナオミは、あれもこれも気に入らないって言ってくるけれど、一体なにがそんなに不満なんだ」と、彼はイライラした。その裏には、「君がいるべき場所に、ちゃんと居場所を用意したのに……」という彼の本音が透けて見えた。

私が感じ続けていた疎外感や孤独感は、ミスター・マクマナスだけでなく、キムにもヨーロッパから来た留学生にも伝わらなかったと思う。

有色人種で英語が達者でなく、大学進学コースを履修せず、スクールバスで通学してカフェテリアでランチをとる学生は、ベーカーズフィールド高校の中では下の階層だった。それは、上にいる人にはどう説明しようとわからないのだと思っていた。

これこそが、日本では味わったことのない強烈な体験だった。それまで学校というのは、私にとって日の当たる場所で、自分が活躍できる、認められる場所だった。

見事に鼻っ柱を折られた気分である。何をやってもダメ。学校の中に居場所がない。一緒に昼ごはんを食べたいと思える友達に、いつまでたっても出会えない。

ただ、履修クラスのなかで、「体育」だけは特別だ。大学進学組もそうでない子も必修の、ごちゃまぜクラスになる。バスケットボール、アメフトもどき、トレーニング室での体力測定、とカリキュラムに沿って進められる点も日本と同じだ。言葉や文化のハンディを感じることなく楽しめる、唯一の授業だった。

アメリカに来て、五か月が過ぎた頃のこと。その日はバスケットボールの試合をしていて、チームの人数の関係で私は一旦ゲームを休んで観戦していた。これまでのことをあれこれ考え始めたら悲しくなってきて、涙が滲んできた。そのうち、ますます惨めになってきて、ヒックヒックが止まらなくなる始末だった。

体育教師のミセス・ウォーカーがそれに気づいて、「どうしたの?」と声をかけてくれた。その声を聞いたら急に気が抜けて「私はベーカーズフィールド高校が大っ嫌い」と思わず泣きじゃくってしまった。

「どうして? 一体何があったの?」

三〇代の女性教師は、とても優しかった。

「私は日本から来た交換留学生です。この五か月友達が作りたくて頑張ってるのに、誰も私に興味さえ持たない。みんなが冷たくてそっけなくて、全然相手にしてくれない。こんなところ、大っ嫌い。カリフォルニアなんて、大嫌い」

クラスメイトの中には、唖然としている子も、バカじゃないの、という顔をしている子もいたけれど、ミセス・ウォーカーは「そう、わかるわ」と頷いてくれた。

「私もずっとワシントン州に住んでてね、二年前にカリフォルニアに来たんだけど、最初は本当に友達ができなくって大変だったのよ」

隣に腰を下ろして、背中をさすってくれた。

「カリフォルニアの人って、決してフレンドリーとはいえないわよね」

そうしたら、「わかる、わかる」とクラスメイトの数人が共感してくれた。

「私もカリフォルニアに来た時に、同じことを思った」

「私もそう。ここの人って、外からの人を受け入れないのよ。狭い自分たちの世界で満足しちゃって、新しい友達を作ろうとしないの」

思いを共有できるのは、嬉しかった。その日、派手に泣きじゃくった私はそれなりに気分が楽になり、最後は笑顔で授業を終えたのだった。

帰りにロッカールームで、「ナーチ、笑顔でいればきっとうまくいくよ」と声をかけてくれる子がいた。タオだった。ベトナム人の両親を持つタオは、アメリカ育ちで英語は流暢だが、東洋人的な奥ゆかしさを持っていた。ショートヘアで、笑うと前歯のすきっ歯が見えて可愛い。タオは私を気にかけてくれて、それからというもの、放課後テニスに誘ってくれたり、アイスクリームを食べに行こう、と声をかけてくれるようになった。

ついに、私が持ってきた日本のアルバムを見せる時がきた。タオは目を丸くして、制服姿の日本の女の子たちの写真を眺め、弁当を見て「どんな味がするんだろう」と興味を示してくれた。ひと通り見終わると、「ナーチには、日本に素敵な友達がいっぱいいるのね。羨ましい」と言った。そう言われると誇らしく、アメリカに来て初めて人に認めてもらえたみたいな気持ちになった。

残念だったのは、タオが昼休みも図書室で勉強していて、ランチをともに過ごすことがほとんど叶わなかったことだ。彼女は、いつも勉強していた。ただその頃になると、同じベトナム系のジェシカや、香港からの留学生のアシェリー、スクールバスで一緒のスウェーデン人留学生のマリアなど昼を一緒に過ごせる友達が現れ、私はもはやひとりでしょんぼりしていなくてもよくなっていた。

✣

一九八八年六月一三日。ベーカーズフィールド高校最後の日。日記にはこうある。

……PE(体育)で一緒のアネットがランチに誘ってくれた。アネットの他に、PEで一緒のティナ、サラ、コリーン、ヘザーも一緒にピザハットへ。アネットの車とヘザーの車、二台で行ったのだけれど、信号で停まった時、「むこうにいるティナと入れ替わってよ」とアネットがふざけて言うから、大慌てで車を降りて別の車にいるティナと入れ替わったりした。ピザは美味しかった。帰り道、また信号で停まると、知り合いの男の子たちの車が隣にいたので、ドリンクのアイスを投げたら、水風船が返ってきた。今、水風船が流行ってて、学校中が水浸しだ。

……アネットは面白い。今日、白いTシャツを着ていたのだけど、朝マスタードでシミをつけたからって、シャツの他の部分にもマスタードを塗って模様にしていた。彼女って、クール。

……最後のランチが、最高のランチになってすごく嬉しいなー。

日記の字が躍っていた。テレビドラマで見たようなスクールライフを、やっと自分も経験できた喜び。たぶん、相当嬉しかったんだろう。

しかし今、アネットの顔が思い出せない。ティナ、サラ、コリーン、ヘザーってどんな子だったっけ？　私があれほど恋い焦がれた、華やかな世界の彼女たちの顔が、誰一人思い出せない。

それに比べて、タオのことは鮮明に思い浮かべることができた。彼女のちょっと硬い黒髪。普段化粧をしないタオが、Tシャツの色に合わせて水色のアイシャドーをつけて、薄ピンクの口紅をつけてきた時に見せたはにかんだ顔。会話する時、私が理解しているかどうか、さりげなく観察している黒い瞳。

ところが、タオについて実際は何も知らないことに、今戸惑っている。彼女が生まれたのはベトナムだったのか、両親はどんな経緯でアメリカに来たのか、タオに兄弟はいたのか。将来の夢は？　姿も声もありありと思い出せるのに、彼女自身のことを私は何も知らないのだった。一度、彼女の家でごはんをご馳走になったことがある。ベトナム料理だったと思うが、それを出してくれた彼女の母親のこと、普段タオが食べている家庭料理のことさえ、何も聞いた記憶がない。私はただ、自分のアルバムを見せて、自分のことばかり喋っていた。「日本に友達がいっぱいいて、羨ましい」と言われて、満足しただけだった。

メキシコから来たグラフィアラのことだって、そうだ。無口で寂しそうに微笑んでいる彼女のことを、つまらない人と思っていた。彼女の背景を、私は何も知らないというのに。耳を傾けて、私は彼女の声を聞こうとしなかった。

ESLのクラスにいたカンボジア人の男の子は、いつも隅っこに座って自信なさそうに小さい声で片言の英語を話した。授業で『キリング・フィールド』の映画（ローランド・ジョフィ監督、一九八四年)を見て、「僕の国のことだ」と言った。彼こそ、どんな経緯でいつアメリカに移り住んだのだったか。

大人になった今思い出すのは、彼らのことだ。彼らの姿はよく覚えているし、懐かしさがこみ上げてくる。耳を傾ければよかったと思う。今だったらそうしていたのに、と思う。でも、あの時の私には、見えていなかったのだから仕方ない。一番近くにいた彼らのことを、見ないふりしていたのは私だ。

一方で、あれほど友達になりたくて、背伸びをして笑顔をつくってアタックした白人の女の子たちのことは、きれいさっぱり忘れてしまった。

あの日できなかったことを、大人になってから私はやっているのかもしれない。華やかに見える世界より、片隅にいる人たちのほうに、今の私は引き寄せられる。

ハーリー家のごはん

玄関を出る時、見送りのマムが「ハヴファーン」と、歌うように言った。いまひとつ単語が聞き取れなかった私は、キムの赤いトラックの助手席に座ってやっと、それが「Have fun」だったと気づいた。そうか、「Have fun」か。楽しんでおいで、ってことなんだ。

それからいつも、「Bye」の後には「Have fun」がくっついてきた。マムのそれは、歌声みたいに弾んで聞こえ、いつも背中あたりにふわっと届く。

キムに倣って私も、「I will(そうするよ)」とか「You too(マムもね)」と返した。いい言葉だな、としみじみ思いながら大きな玄関扉を開けると、いつだって雲ひとつないカリフォルニアの真っ青な空があるのだった。

私の学校生活がどんな状態であっても、「Have fun」で送り出される。そして家に帰れば「ナーチ、今日はどうだった?」と聞かれた。「楽しんでおいで」があるから、「どうだった?」がある。これは対の関係なのだと知った。

これこそが、私にとってのカルチャーショックだ。はっきり言えば、国や習慣の違いじゃない。アメリカ人だから日本人だからではなく、私が育った家庭とハーリー家との違いということだ。

私はそれまで、朝「いってきます」を言う時、母の顔を見るのが嫌だった。「今日は何時に帰るんだい？」としょっちゅう聞かれ、もし聞かれなくても、母の考えていることはお見通しなのだった。

〝まさかお前、また遅く帰るつもりじゃないだろうね？〟太い眉をぎゅっと寄せた眉間を見れば、母の気持ちはよくわかる。

〝また遊んでくるつもりかい？〟と、その表情が言っている。

〝やめとくれよ。とにかく早く帰って、お父さんを怒らせないでおくれよ〟

母が念力で送るメッセージを振り払うようにして、「いってきまーす」と玄関扉を開けた。それでも、背中に湿っぽい重しがのっかって、朝から気分は暗くなる。

アメリカの高校生を思えば、日本の女子高に通う私なんて、小学生並みの遊び方しかしていない。車を運転するわけでもなく、週末だからって夜遊びなんてしない。そもそも、学校のスタジアムでスポーツの試合があるわけでなし、ダンスパーティが開かれるわけでもなく、映画のレイトショーだって行ったことなんてない。

それでも私は、父と母にとって〝遊び歩いている娘〟なのだった。中学生までは、部活動一辺倒の娘に文句の言いようもなかったからこそ、高校生になって一変した私の生活に、我慢できなかったのだ。

毎日電車で通う隣の市は、刺激的だった。街中には映画館がある。大型の本屋、雑貨屋がある。放課後、「サーティワン」のアイスクリームを端から順に食べた。水曜日は喫茶店「五番館」のパフェ半額の日。帰りの電車に乗る前、ほんの一五分でも時間に余裕があれば、「トアルコ」に走って行って、マスターの顔を見てひとことふたことお喋りをする。学校の授業が午前中で終わる水曜日や土曜日には、二本立ての映画を観た。男子高に通うボーイフレンドもできて、たまに喫茶店で会ってお喋りする時間が楽しかった。

しょせんは、その程度のお楽しみである。夕飯までには必ず家に帰ったし、夜家を空けることなんてしない。ただ放課後、友達とお喋りをして過ごす時間を楽しんでいただけだ。

ところが、父と母にとっては私の変化が我慢ならなかった。〝楽しいことをする〟ことが、〝悪〟なのだった。

地方病院の検診車の運転と、医院長のお抱え運転手、というのが父の仕事だった。母は、父の仕事内容を何かの書類に書く時「医療事務」と書いていたが、母自身も父が毎日どんなふうに過ごしているのか、詳しくは知らなかったと思う。実際に父の口から出てくる言葉の断片から想像するに、主な仕事内容は車の運転のようだった。

遅い車がいると、猛スピードで追い越すような手荒な運転手なのに、大きな事故を起こすこともなくよく務まったものだと思う。定年後は、近所のデイケアに通う人たちの送迎もやった。私は父の運転する車に乗ることが恐怖でしかなかったけれど、医院長夫婦は父の運転を気に入っていたのか、父自身を気に入っていたのか、土日でも声がかかり、夫婦の個人的な用事のために父は車を出していた。

父自身、人とのコミュニケーションが難しかったのだろうと今なら思う。日々仕事をして生きていくことは、それだけで困難を伴ったのかもしれない。そう考えると合点がいくのだけれど、父は何の前触れもなくあっさりと会社を辞めてくる、ということを過去に何度もやっていた。母の嘆きのひとつ、「お父さんが転職を繰り返したから、お給料が低くて生活が苦しい」というのは、確かにそうだった。

ようやく私が小学校の高学年になる頃、父は病院に仕事を得た。そして奇跡的に、定年まで勤めあげたのだった。医院長夫婦は、変わり者の父と付き合える稀有で貴重な人だったということだ。休日返上で呼び出されることも度々あったが、老夫妻に頼りにされて、それに応えたいという気持ちもあって、父自身やりがいだって感じていたはずだ。

食事をご馳走になることも多かったようで、うなぎ嫌いだった父が、うなぎ好きの奥さんに連れられてうなぎ専門店に行った話をよく聞いた。目の前に出されたうなぎがどんなに立派だったか、でも自分にとっては嫌いなものだから、薬だと思って無理やり口の中に押し込んだんだ、というような話を母に聞かせる時、父はまんざらでもない上機嫌だった。

大抵こういう日には、ウィスキーを一、二杯飲み終えた頃合いを見計らって「おい、俺の背広を持ってきてくれ」と母に言いつける。それが何を意味するのか知っている母は、この時ばかりは表情を明るくして背広を持ってくると、手品でも見せるかのように、父はポケットから一万円札を取り出すのだった。外で人と飲むことも趣味もない父は、臨時収入が入ると、全部母に手渡していた。純粋に、母が喜ぶ顔を見たかったのだ。

ところが、父の機嫌の良さに安心していると、不意にしっぺ返しを受ける。父の根っこにしみついているのは「俺は毎日、本当に大変なんだ」という、自分を憐れむ気持ちだ。夕食時「俺がこんなに頑張っているのに、お前はマグロをけちる気か」と母を怒鳴りつけ、家の外が騒がしければ、「俺はこんなに大変なのに、眠りを邪魔されるなんて許せない」とまた怒鳴る。大変な俺、可哀想な俺、をアピールされるたび、一体何がそこまで大変なのかわからない私は、大人になると大変なんだな、と思った。

母は母で、眠れない、お金がない、お父さんが怒鳴るからヤダ、の三重苦の間をいつも行ったり来たりしながら、恨み嘆いていた。

とにかくふたりして、人生とは苦悩である、という生き方をしていた。つらくて、大変で、嫌なことばかり。歯を食いしばって耐えてこそ、の人生である。

そういう状態にあって、私が「楽しかった」話をするわけにはいかない。彼らが娘から聞きたいのは、そういう類の話じゃない。「学生っていうのはな、勉強するのが仕事なんだ」が父の持論である。遊ぶなんて、とんでもないのだ。

だから私は、外であったことを喋らなくなり、ふたりの前では「人生しんどいことばかり」という思い詰めた顔つきでいるようになった。そのほうが、断然両親受けがいい。家の空気に、しっくりなじむ。ただし、「直美がやけにむっつりしているけど、何かあったのか？」と父の機嫌を損ねない程度に、というのが重要で、当たり障りのない話だけをした。

こういう環境にいると、どうなるのか。私自身、友達が普通にやっていること、つまり毎日をただ笑って楽しく過ごしたいと思っても、それを罪悪に感じるようになっていった。

もし風邪などひいて体調を崩そうものなら、「それみたことか」と父に言われる。「だから言っただろ。遊びすぎのお前が悪い」と、責められる。楽しいことの後は、いつも悪いことが起こるような気がした。楽しいことをすると、罰を受けるような気がして落ち着かなかった。

放課後、友達とアイスクリームを食べながらも、時計の針が気になって仕方がない。友達はみんな時間なんて気にせずにお喋りしていて、話がどんどん盛り上がっていくのに、私は途中から頭の中で警笛が鳴り始め、心臓がバクバクしてくる。頭の中がカッカ熱くなり視界が狭くなって、パニック症状みたいになることもあった。

父はいつだって、午後六時までには帰宅している人だった。その時間に、娘が家にいないことが許せなかった。私とて、たいして遅くなるわけじゃない。一時間に二本しかない電車に、乗り遅れることだってある。それが何度か続くと、もうアウトだ。

「ここに座れ」

「まっすぐ俺の目を見ろ」

晩酌を始めた父の前に正座させられて、「貴様は最低だ」といつものパターンが始まった。その怒りを引きずった食卓で、味のしない夕飯を食べるはめになった。

✣

「Have fun」と笑顔で送り出されるのは、素晴らしい気分だった。fun という言葉を頭の中で転がしながら、何かいいことが起こりそうな気がしてくる。普通だったら、「いってらっしゃい」「いってきます」の英語版だね、くらいのものだろうが、私にはまったく違って聞こえていた。

ダッドも、休日二階の部屋でコンピューターに没頭しながら誰かが家を出るのに気づくと、バーイの後で「Have fun」とアルトの声を響かせた。キムもやっぱり「Have fun」と、居間から玄関に向かって甘いとろけるような声をかける。

ハーリー家では、誰もがそうやって送り出されるのだった。そして、学校から帰宅した私をそのまま放っておいたりはしないのがマムだった。タイミングを見計らってさりげなく、「今日はどうだった?」と声をかけてくる。そばかすのある顔を近づけて、ナーチに嫌なことは起こらなかったかしら? 大丈夫だったかしら? とマムの青い瞳が私の表情を見逃すまいとしている。

そのタイミングも、絶妙なのだ。自分の部屋で宿題をしていると、開きっぱなしのドアを軽くノックして「今、いい?」とマムが洗濯物を持って現れる。

衣類の洗濯に関しては、マムに完全にお任せだった。畳まれた状態のTシャツやパンツがベッドの上に置かれ、マムにくっついてきた犬のクインツィーがベッドの上に飛び乗る。小さなクインツィーを膝にのせ、ベッドに腰を下ろしたマムが訊く。

「ナーチ、学校はどうだった?」

マムは、カールした赤毛がよく似合う。『赤毛のアン』や『にんじん』を小学生の時に読んで、赤毛ってどんな色の髪の毛なんだろうと想像したことがあるのだけど、マムを見て、ああこれだと合点がいった。

「今日から体育の授業は、フットボールになったんだけど、ルールがさっぱりわからなかったの」

と私が言うと、「あらあら、フットボール？　試合を見ることはあっても、私もルールなんて全然知らないわよ」と、マム。

「女の子同士で、激しくぶつかったりするわけ？」

「それが、全然みんながやる気がなくって、ぽけーっと突っ立ってるから、先生が怒りだしてね」

英語の単語がわからない時、私は「ちょっと待って」とジェスチャーしてから辞書を引いた。マムは「好きなだけ時間をかけなさいね」と頷いて、ナーチから飛び出す次の言葉が待ち遠しくてたまらないわ、という目で私を見ていてくれる。マムと会話していると、自分がとても期待されている気持ちになった。ナーチにはできるわよ、といつも肯定されているようで心地良かった。

ハーリー家の夕食は、決まって家族四人でテーブルを囲んだ。石油会社に勤めるダッドの帰宅も、うちの父同様に早かったので、まだ日が暮れる前の明るい時間に家族が集合する。

食事が始まって少しすると、マムが「ところで、ナーチは今日どうだったの？」と私に目配せをするのだった。ほら、あの話はどう？　というふうにマムの目はもう笑っていて、「今日ね、体育がフットボールだったんだよ」と私が話し始めると、嬉しそうにダッドとキムを見る。このテーマで話すのは二度目とあって、私の語り口も滑らかだ。

ダッドもまた、心得ていた。

「そうか、ナーチ、アメリカに来てフットボールまで体験できるなんて、ラッキーだよ」と、ちょっと大げさに驚いてみせる。

「ところで、アメリカ人のどれくらいの人がフットボールのルールを理解してると思う？」キムと私の顔を交互に眺めて、キムに意見を求める。

「私だって、実際のところはわかってないよ。何となく盛り上がって見てるけど」キムが言い、「ほーら、キムもそうだ。金曜日の夜にスタジアムでBHSを応援してても、そんなもんさ。でも、楽しめちゃうところがフットボールのいいところだろ?」ダッドが巨体を揺らして笑う。キムもマムも私も笑う。

何気ない会話だ。でも、私にとっては特別な時間だった。家族で共有するという体験だった。言葉のキャッチボールに参加していた。

ダッドは周りを笑わせたくて、ジョークを連発した。たぶん、親父ギャグの類だ。キムはよく、「んもう、ダッドったら」と、あきれた顔でジョークに反応した。それがまたダッドを喜ばせ、キムを横っ腹にぐいっと抱き寄せて豪快に笑う。ちょっと羨ましい光景だ。私のことも笑わせたいダッドは、ジョークの解説を始め、さらに私がちんぷんかんぷんになって困り果てていると、「アッハッハ」と自ら大笑いしてお茶を濁し、キムと同じように私の肩を引き寄せるのだった。

「ナーチだって、そのうちわかるようになるさ」

相撲の力士並みの体格で抱きしめられると、太っ腹に体がめり込み窒息しそうだ。そうなるともう、私は照れくさくてたまらない。

私も、夕飯の席で楽しい話題を提供したかった。いつも、何を話そうか考えるようになった。一緒に笑いたい、楽しい気分を分かち合いたい。

ところが、朝家を出て学校で過ごし帰宅するまでの私の一日には、共有したい愉快な出来事なんて見当たらないのだ。愚痴や不満ならあっても、あの食卓にはそぐわない。ハーリー家の一員として、明るく朗らかな自分でいたかった。

日本にいた時には、友達との楽しい時間が毎日そこかしこにあったけれど、家で共有することはなかった。今度は、「楽しかったよ」と堂々と披露してもいいのに、悲しいかな、伝える中身が見つからない。かなり皮肉だ。

✣

食事の内容も、ハーリー家はとても違っていた。

家族の一員になってすぐ「ナーチは、朝ごはんに何を食べたい?」と、マムから訊かれた。うーむ、私は何を食べたいんだろう。それまでの私は、母が出してくれるものを何も考えずに食べていた。朝はトーストにマーガリンとジャムを塗り、目玉焼きやら茹でた青菜やら、その日母が用意してくれたものが皿の上にあった。または、ご飯と味噌汁、納豆と漬物という和食である。

マムに連れて行ってもらった近所のスーパーで、「朝ごはんに食べたいもの、何でもいいからカートに入れてね」と言われ、私が選んだのはオレンジジュース、フルーツ入りヨーグルト、食パン、マーガリン、イチゴジャムだった。当時の日本でジュースといえば、果汁二〇パーセントくらいの飲み物だったから、果汁一〇〇パーセントのジュースを好きなだけ飲めるなんて最高だった。食パンは、日本の食パンを一回り小さくしたサイズで、二斤分くらいが一袋になって売っていたので、迷うことなくそれを選ぶ。

朝は、各自それぞれが好きなように食べて家を出る、というのがハーリー家の習慣で、キムはお気に入りのシリアルを皿に入れ、牛乳をひたひたになるまで注いだら、スプーンですくって食べることほんの数口。あまりにあっけない朝食だった。

私はトースターでパンを二枚焼き、マーガリンとイチゴジャムを塗る。オレンジジュースをコップに注ぐと、食洗機の洗剤のにおいが強烈で芳香剤を飲んでいる気分だったけれど、すぐに慣れた。ヨーグルトはアメリカンサイズだったので、二日で一個食べるくらいで丁度良かった。

自分で決めたその朝食は、実際に食べてみると甘い。毎日毎日、甘いなあと思いながら食べた。だからと言って、自分で目玉焼きを作ろうとか、ベーコンを焼こうなんてことは考えない。出されれば食べるけれど、自分でどうこうしようなんて思わないのが高校生だ。

朝食を終えて家を出る頃になると、マムが起きてきてダッドと自分のためにコーヒーの準備を始めるのだった。これには最初驚いた。お母さんというのは、朝一番に起きて皆の朝食を準備して送り出すものだと思っていたから、マムの体調が悪いのかと思ったのだ。ただ、ハーリー家の方針さえわかれば、それはそれで気が楽でもあった。

✣

記憶にあるのは、夕暮れ時バラの花が咲く裏庭に出たマムが、奥に設置してあるバーベキューグリルに火をつけにいく姿だ。あっ、今晩はポークチャップスだ、とピンとくる。グリルが温まった頃、四枚の豚肉を持ってマムがまた裏庭に出て行くのが、二階の私の部屋から見えた。クインツィーが芝生で遊んでもらえると思って、マムの足元できゃんきゃん吠えている。

それから程なくして、「夕飯ができたわよー」というマムの声で、ダイニングの丸テーブルに家族四人が集合すると、白い大皿に一枚ずつポークチャップスがのっかっている。デーンとのっかっているというよりも、ちょぼっと置いてあると言うほうが合っている。グリルしたロース肉はいつも小さく縮んでいて、塩コショウをした形跡はない。

まず、「A1ソース」というバーベキューソースを、ダッドから順に皿にたっぷりと盛り、一口大にナイフで切った肉に絡ませて食べる。

私は、このポークチャップスが好きだった。肉そのものも噛みごたえがあって、ジューシーさは欠けつつも肉のうまみが詰まっている。付け合わせは、グリーンピースとコーン。ポークチャップスにはこれ、と決まっていた。ともに、冷凍食品を電子レンジでチンしただけだ。コーンは、チンした後にバターをたっぷり混ぜる。

主食は、コーンブレッド。これもまた、ポークチャップスの日のお決まりだ。スーパーで買う箱入りの「コーンブレッドのもと」を使い、それがちょうどマフィン型で八個分の分量だったので、一人二個ずつと決まっていた。

作り方は至って簡単、箱に書いてある分量の水か牛乳を入れて(卵やバターはどうだったのか覚えていない)、混ぜ合わせて型に入れ、オーブンで焼くだけなので、ボウルが一つあれば事足りる。焼きたてにバターをのせると、トウモロコシ粉の独特の甘みと合わさって美味しかった。主食というより、おやつ感覚である。

スパゲッティミートソースも、週に一度の頻度で登場する私の好きなメニューだった。これはキムが作ることも多かったし、簡単だったので私も作った。フライパンに牛肉のひき肉を入れて炒め、肉汁が出てきたところで瓶詰のトマトソースを投入。塩コショウくらいはしたかもしれないが、市販のトマトソースに味がついているので、肉とうまく混ざりあったらそれでオッケイである。パスタを茹でる時、キムが大胆に半分に折って鍋に入れていたのを見て感心した。少ない湯で茹でられるので、合理的だ。

そして、ブルーベリーマフィンである。ポークチャップスにコーンブレッドだったように、パスタにはブルーベリーマフィンというのがハーリー家だった。

これもまた、箱入り「マフィンのもと」が登場する。付属の缶詰「ブルーベリーのシロップ漬け」を生地に混ぜ合わせて、マフィン型に流し込むだけである。

ブルーベリーがたっぷり入った甘いマフィンと、スパゲッティミートソースの夕食。野菜なしで偏っているとしても、一〇代の女の子には大満足である。

実は私は幼い頃、お腹の空かない子どもだった。その後も食が細く、母が茶碗によそってくれるご飯を、気づかれないようにそっと炊飯器に戻すようなことをよくやっていた。母は母で「お前は痩せてるから、体力がないんだ」と言い、私を太らせたくてご飯を山盛りによそう。ご飯を炊飯器に戻すのに失敗すると、私は味噌汁をかけたりお茶づけにして、無理やり胃に流し込む有様だった。そんなだから、よその家で食事をご馳走になる時には、ちょっとしたプレッシャーである。一人分ずつ皿に盛った状態で用意されると、食べる前からもうお腹がいっぱいになってしまう。ラーメン一杯もきつい。どんぶりを前にして、最初から途方に暮れてしまうのだった。

アメリカ人は、たくさん食べると信じていた。いつもワラジ並みの大きさのビーフステーキを食べているイメージがあったから、小食の私はどうしようかとひそかに不安だったのだ。ところがどっこい、ハーリー家の食事の量はこの私からしてもちょっと足りないのである。食べ終わっても、いつもなんだかお腹が空いている。

腹八分目は、ハーリー家の皆も同じだったようで、食事の最中にもポテトチップスが回ってきて、各自皿にザザッと出して食べることもあった。だったら、もっとスパゲッティを茹でればいいのに、とも思うのだけれど、基本は市販の「〇〇のもと」を使う料理だったから、分量の調節ができなかったのかもしれない。今から思えば、三人で分けていたものを、私が入って四人で分けるようになったせいなんだろうか。

ともかく、食後テレビを見ながらのアイスクリームが美味しかった。夜のチョコレートクッキーも日課になった。

✣

ごちそうさまの後は、家族それぞれの過ごし方が待っていた。

ダッドは、メガホンほどの大きさのプラスチック製コップを食器棚から出してくる。氷をたっぷり入れ、ジンと炭酸水を注ぎ入れると、「さあて、これからは俺のお楽しみの時間が待ってるんだ」と、毎晩のことながら嬉しそうに宣言した。まずは一口ジントニックをすする。そして、鼻歌交じりにガランガラン氷を揺らしながら二階の自分の部屋へ向かうと、あとは夜遅くまでコンピューターがダッドのお相手だった。

あの頃は、今みたいにパソコンが各家庭に普及していない。インターネットもない。大きな箱型コンピューターと向き合って、何やら難しい数式を打ち込んでプログラミングをしているダッドは、今まで見たことのない種類の人だった。仕事でもないのに、単なる趣味らしいのに、あんなに頭を使って机にかじりついていることが不思議に思えた。

私やキムは、宿題をしたりテレビを観て過ごした。ママはクインツィーを膝にのせて、趣味のキルティングをやっていた。ひと針ひと針、パッチワークを縫う。私のベッドカバーは、ママお手製のキルトだった。

たまに「テニスに行く?」とママが提案して、近所のテニスコートに三人で出かけることもあった。夜間もライトがつく無料のテニスコートがあちこちにあって、空いていれば三人でプレイし、残念ながら先客がいればそのまま帰ってくるのだった。三人の腕前が同じくらいだったので、結構いい汗を流せた。夏はじりじり暑いベーカーズフィールドも、陽が沈むとドライで過ごしやすくなる。スポーツにはうってつけだった。

夕飯の内容といい、食事の後の過ごし方といい、日本のそれとは何もかもが違って、私には目を見張るようなことばかりだった。今でも忘れられないのが、ハーリー家での生活に少し慣れてきた頃、ママが何気なく言った言葉だ。

「ナーチのお母さんは、毎日料理するの?」

え？　である。その時の私には、毎日料理をしない、という選択肢があるなんて考えもつかなかった。

「私はね、料理が得意じゃないのよ。好きじゃないの」

マムはあっけらかんとしていた。

「だからほら、作る時にはすごい手抜き料理なのよね」

いつもの朗らかさで笑うので、私も思わず笑った。それまでのマムの料理を思い浮かべて、知ってる知ってる、と言いたかった。でも、それでいいの？　許されちゃうわけ？　と、その時の私はちょっと腑に落ちなかった。

マムを見ていると、確かに料理と呼べるようなことは、ほとんどしていないのだ。野菜を茹でる、煮込む、炒める。うちの母がやっていたことを、マムはほとんどしない。まず、常備菜が暮らしの中にない。人参やジャガイモ、玉ねぎというような、保存もきいて使いまわしのできる野菜を普段から置いておかない。冷蔵庫を開けると、見事にすっからかんだ。牛乳とオレンジジュース、ヨーグルト、イチゴジャム、バター。ソーセージ、卵。あとは、バーベキューソースやマヨネーズなどの調味料が少々。あれ？　私の朝食のものばかりじゃん、とある時思った。

そのかわり、外食が多かった。週に二、三回は、夕飯を食べに出かけた。中華料理、メキシコ料理、日本の鉄板焼きの店にも行った。ステーキの店、ファミリー向けレストラン。ベーカーズフィールドは大きな街だったので、あらゆる種類のレストランが揃っている。「シズラー」のサラダバーに行けば、ブロッコリー、カリフラワー、スプラウト……たくさんの野菜が食べられる。お気に入りの中華料理店では、青菜の炒め物や鶏肉とカシューナッツの炒め物を注文した。

こんな時にも、日本を思った。私の中にはいつも日本の家族が控えていて、ことあるごとに顔を出したからだ。

父と母は、外食は滅多にしなかった。父が酒を飲みたいから、というのが一番の理由で、その頃母はまだペーパードライバーで運転ができなかったのだ。

小学生の時、突然父が「焼き肉を食べに行こう」と言いだして、市内の焼き肉店へ行ったことがある。注文してから、なかなか肉が運ばれてこなかった。さあ、困った。父の表情が徐々に険しくなり、手の指をさかんにこすり合わせ、タバコを立て続けに吸い、そしてついにキレた。

「いつまで待たせるつもりだ！　責任者を呼べ」

家の中で自分が怒鳴られる分には我慢できても、人を怒鳴りつける姿を見るのは忍びなかった。その娘だと見られることが、耐えられない。家から一歩出て家族で行動している限り、私はいつだって連帯責任を負わされている気分だった。油断できない。地雷はどこにあるのか、見当がつかない。その日の肉の味なんて、覚えていない。

ハーリー家の一員である限り、外食先のレストランでも心から安心していられた。怒鳴り声がないというのは、それだけで素晴らしい。なんて心が落ち着くことか。

私はそれまで、怒りの火種がどこに転がっているのか、常に用心を重ねて生きてきたつもりだったが、ハーリー家においてはそんな心配は無用だった。怒りじゃなく、そこにあるのはいつも笑いだ。ちょっとくらいのヘマやミスは、笑いに変えてしまう。ハーリー家にいる限り、自分も笑っていられた。笑いは周りに伝わって、人を幸せにする。マムもダッドも、そのことを知っていた。

そして何が起こったかといえば、私はいつだって、お腹が空いて空いてたまらないのだった。何を食べても美味しかった。食べることが、喜びになっていた。体は、単純で正直だ。それが、「バーガーキング」のハンバーガーとポテトの夕食であろうと、レストランのステーキであろうと、私にとっては同じご馳走だった。

ハーリー家の食生活は、その内容を見れば偏っていたと思う。ダッドの体型は、健康を考えればかなり危険だ。キムだって、あの頃はマムに似てほっそり体型だったけれど、一〇年後にはぽっちゃり体型に変化した。

でも、だから何？　と言いたかった。栄養面、健康面で考えたら、ハーリー家は正しくないかもしれない。だから、何？　正しいか正しくないかなんて、ナンセンスだ。あの時の私にとっては、これ以上ない環境だった。

✣

ある日のハーリー家のメニューは、タコスだった。メキシコ料理のなかでも、ファーストフード的なタコスは、トウモロコシ粉でできているパリッとしたシェルに、野菜とひき肉を挟んで食べる手軽なスナックみたいなものだ。

「今日はタコスにしましょー」とマムが声をかけ、キムがレタスを千切りにする。私がフライパンで牛肉を炒め（ミートソースと同じ要領で）、タコス用の粉末調味料を肉に振りかけている間に、キムが今度はトマトをみじん切りにする。チーズも、ふわふわっと錦糸卵みたいに削る。

その間、マムは何をしているのかといえば、隣に立って私たちのお喋りの相手である。

「今日はね、クインツィーと一緒にちょっと遠くの住宅街まで散歩に行ったんだけどね、クインツィーったら、空き地で何を見つけたと思う?」

キムと私、ふたりに問う。

フライパンの中身を適当に混ぜながら「ネズミ」と私が言い、「モグラ」とキムが言う。

「プレイリードッグがいたのよ。久しぶりに見た。ナーチ、知ってる?」

プレイリードッグについてひとしきり三人で喋り終えた頃、オーブンで温めていたタコシェルがパリッと仕上がって、夕食の出来上がりとなる。

「ダッド、ごはんができたよー」

二階に向かってキムが叫ぶ。

「この匂いは……うーん、タコスに違いないぞ。お腹が空いて、もう待てないところだったんだ」

ダッドが、満面の笑みで食卓についた。

食事というのは、栄養面だけでは語れない。この時間、なのだ。私は、そのことを何気ない日々のなかで教えてもらった。愛情は、料理の手間や献立で表現しなくたっていい。なぜなら、マムとダッドの愛情を、私は毎日食卓で感じることができたのだから。

日々感じていたのは、自由ということだ。その頃私は、ものすごい自由を獲得した気分だった。「ねばならない」という制約や決まり事ばかりの日常は、はるか遠くにある。この自由はどこからくるんだろうと考えて、マムこそが自由なんだと気づいた。

ハーリー家は、経済的に豊かだ。この事実は、重要な部分ではあると思う。ダッドは高給取りだ。油田の街ベーカーズフィールドは、緑がいっぱいの市街地を離れると、砂漠のような場所に油田の炎がいくつも上がっている。ダッドは石油会社のエンジニアとして、しょっちゅうイギリスの油田地域へ出張していた。一度マムとキムと一緒に、ダッドの勤めるオフィスを訪ねていったことがあるのだが、ダッド個人の部屋があって「まるで社長さんだ」と、その待遇に驚いてしまった。

マムは、専業主婦だった。ただ、年度末の確定申告の時期だけ、数か月間仕事をしていたようだ。あの頃の私にはマムのやっていることの内容がよくわからなかったのだが、今自分が確定申告をするようになって、ああこれを手伝っていたんだとわかった。一年で数か月だけ、マムにはやるべき仕事があった。

お金があって時間があれば、そりゃあ自由に違いない、と人は言うかもしれない。母なら、そう言う。「お金さえあれば、家の中が明るくなるのに」と常々嘆いていたからだ。父と母が諍いになるのはお金がないからで、「お父さんがもっと稼ぐ人でお金がいっぱいあったら、あたしだって幸せになれるのに」と、母は本気で言った。

原因は、そこじゃないよね、と私は言いたかったけれど、実際に私はお金持ちを経験したこともないから、本当のところは何も言えないし、わからないのだった。

ハーリー家に来て、お金があるというのは心に余裕を与えるものだ、と正直感じた。マムやダッドのあの明るさ、朗らかさは経済的に豊かだからに違いない、とさえ思った。母は丸一日スーパーで惣菜を作り続けた後で、家でも料理をして、後片付けまでしていた。それを思えば、胸が痛かった。目に浮かぶ母は、家事をしているか家計簿をつけているかで、表情は常に暗かったからだ。

マムが料理を作らなくてもいいのは、経済力があるからだ。来たばかりの頃、私の物事の尺度はお金と切り離せなかった。ひがむ気持ち、羨ましさが心の中にはあった。

ところが、少しすると物事の見え方が変わってきた。お金持ちかもしれないハーリー家だけれど、暮らし方は派手でも華美でもなく、普通のことを普通にやる生活だ。キムだって好きなものを何でも買ってもらうようなことはない。庭の芝生を刈っておこづかいをもらっていたし、マクドナルドでアルバイトもしていた。

お金があるかないかは、どうでもよい気がした。マムの自由さが、かっこよかった。自分が生きたいように、生きていた。専業主婦だから家事も料理もちゃんとやらねば、なんていう呪縛からも自由だった。

そういうマムを尊重していたのが、ダッドだ。俺が稼いできてやってるんだ、なんていう態度はみじんもない。ああしろ、こうしろ、と妻に命令することだってない。水を飲みたければ、自分でコップに水を入れて飲む。夕方帰宅して「今日は何もないから外でハンバーガー買うのでいい?」とマムに言われれば、「ようし、じゃあ皆で一緒に買い出しだ。キムとナーチも一緒に行くか?」と車を出してくれる。

気持ちがおおらかなのだ。家族といえども、過大に要求したり押し付けたりはしない。そして何より、マムもダッドも楽しそうだった。楽しみは、毎日の生活の中のちょっとしたところに隠れている。そのことを、ふたりは知っていた。

マムは、クインツィーとの散歩で見つけたことを、それこそ楽しそうにいつも喋った。一緒にスーパーマーケットに行って、私が見慣れない野菜やお菓子の前で足を止めると、マムも一緒に面白がってくれる。「今日はこのスナックを試してみよう」とか「このアイスクリームに挑戦」なんて言って、買って帰るのだ。

ダッドは、「部屋でコンピューターをいじっている時が、最高に幸せなんだよ」といつも言っていた。その時にジントニックとチップスがあれば完璧だ。自分のジョークが家族に受けた時は、とびっきりの笑顔になった。

要は、自分がどう生きたいかなのだと思った。お金の問題じゃない、生き方の問題だ。一年間ハーリー家で暮らして、つくづくそう思った。

そんなふうに、私はアメリカにいる間中、頭の中で日本とアメリカの間を行ったり来たりしながら、家族のことばかり考えていた。そしてつくづく、私の人生極端だと思った。

日本では、家族のことで悩み、学校生活は充実して楽しかった。アメリカでは、家族に恵まれているけれど、学校生活はうまくいかない。どうやら天の神様は、私が今まで持てなかったものをアメリカで授けてくれて、学べよ、と言いたいようだった。そして、必要以上のものは与えないつもりらしかった。飴と鞭、これをしっかりと使い分けているのだ。

✣

アメリカ生活に慣れてきた頃、新たに「姉妹」というキーワードが突きつけられた。これは、一人っ子の私には日本での経験がない。アメリカに来て初めて同い年の姉妹を得た。キムにとっても同じことで、一人っ子のキムも初めて私という姉妹を得た。

最初は、お互いに照れくさくて、喋る時もなんだか力が入りすぎて笑っちゃう、という無邪気な姉妹だった。顔を合わせると、本当にイヒヒとふたりして笑っていた。そのうち、キムの親友アンディ、ランダと遊びに行く時に、私もくっついていくようになる。高校のフットボールの試合を見に行く時も、映画を観に行く時も、キムが誘ってくれた。ランダが明らかに迷惑そうな顔をしても、人一倍優しくて気を使うキムは、私のために行く先々で説明役を買って出てくれて、会話にも入れてくれるのだった。自慢の姉妹だった。でも蜜月は、五か月後には終わってしまった。

ある時から、キムの表情がどんどん暗くなって会話も減って、私に疲れたんだろうな、というのが見て取れるようになった。私に疲れた、と気づいてしまうなんてひどくせつないのだが、事実そうなんだろうと思った。私と向き合っている時だけ、キムの表情が消えたのだ。

私自身も、アンディやランダといつも一緒にいるのが苦痛で、学校の往復をスクールバスに切り替え、ランチもキムとは別々にとるようになった。お互いに頑張りすぎたせいで疲れ果てたのだから、少し距離を置けば、またもとに戻ると思っていた。なぜなら、私はキムのことが大好きだったからだ。

ところが、関係はみるみる悪化していった。朝起きて、私たちは二階にある同じ洗面所を使っていた。壁一面に大きな鏡があって、天井の窓から陽が差し込む気持ちのいいバスルームで、洗面台もふたつある。奥が私で手前がキムと何となく決まっていて、朝はふたり並んで顔を洗い髪を整えていたのだが、キムが時間をずらすようになった。

朝、ダイニングテーブルでいつものトーストをかじっていると、音もなく台所に入って来たキムが、私の横を素通りして、シリアルを入れた皿を手に居間のソファーへ移動する。テレビをつけて、彼女はひとりでシリアルを食べた。

おはよう、の挨拶もなくなってしまった。キムは、私に喋りかける時に目を見なくなった。出かける時「Have fun」と私にだけ、声をかけてくれなくなった。

それでも、土曜日の昼ごはんをふたりで食べるような日には、「ナーチ、バーガーキングに行くよ」と声をかけて誘ってくれたし、「ヨーグルトを買いに行くけど、来る?」とも訊いてくれた。食べる、で唯一繫がっている状態になった。

キムと私がお気に入りだったフローズンヨーグルトの店まで、車で五分くらいだった。助手席に座っても、キムと何を話せばいいのかわからなくなっていた。明らかに、マムに言われたから私を誘っているとしか思えない。または、車を運転できないナーチを連れていくのは、最低限の自分の任務と感じていたのかもしれない。

カップに入った渦巻き状のフローズンヨーグルトを持って、無言のまま家に着くと、それぞれ自分の部屋で溶けかかったヨーグルトを食べた。

ふたりの関係は、当然のように夕食の席にも影響して、キムは食事の時も私の顔を見ることはせず、マムとダッドとだけ喋るようになった。私が何か言うと、無視はしないまでも皿に目を落としたままで簡単な返事が返ってくる。

不機嫌極まりないキムに対して、マムとダッドは決して声を荒げたりはしなかった。家の中で怒鳴り声が響くことはない。もしキムをしかりつけていたら、私は立つ瀬がなかったと思う。よそ者の私をかばうため、自分の娘を叱る。親はそうしがちだ。

でも、マムとダッドは違った。キムにはキムの言い分があって彼女は悩んでいる。ナーチにはナーチのつらさがある。だからとにかく様子を見守ろう、と決めたようだった。娘たちの変化に気づいてもこれまで通りを貫いて、どんなに気まずい食卓でも平静を装うことに徹底してくれた。あえて普通に、キムと私に声をかけてくれた。

私の留学団体ＹＦＵには、留学生の相談にのる地域の担当者がいて、定期的に「どう？ 元気でやってる？」という連絡が入る。マーサという女性がベーカーズフィールド地区の担当で、私はキムとの関係をマーサに相談していた。マーサからも「最近はキムとどう？ アイスクリームでも食べながら話を聞くわよ」という電話がくるのだった。

アイスクリームでも食べながら、というところがアメリカらしいのだが、ひととおり話を聞いてもらうだけでも、気持ちは随分と違った。アメリカという国は、黙っていたら誰も気にかけてもくれないが、声をあげたいと思えばちゃんと窓口がある。テレビＣＭでも、アルコール依存症の人、家族の虐待で困っている人、生活に困っている人、困りごとに応じて電話番号がアナウンスされていて、日本より進んでいるなあと思った。

✣

キムとの関係はひどくなる一方で、もう誰も止められなかった。マーサとマムが電話で話し合っていたのも知っている。この頃になると、同じ家に暮らしながら私はキムにとって透明人間の状態で、「ハーイ」と挨拶をしても無視される。だから、私だって必要以上に近づきたくない。好きな人にここまで嫌われるというのは、傷ついた。そうでなくとも、学校でうまく友達関係が築けないことを気に病んでいたので、同世代とここまでうまくやっていけない自分が惨めだった。

五月のはじめ、私がハーリー家に来て九か月になろうとしていた。夜、自分の部屋で宿題をしていると、ダイニングからキムの泣く声が聞こえてきた。ダッドとマムの声も聞こえる。私のことで、話し合いをしているのがわかった。

「ナーチ、ちょっと下りておいで。これから話し合いをしよう」

ダッドの声はとても穏やかだった。テーブルにつくと、キムの目は真っ赤だ。

「僕としては、キムとナーチが親友同士みたいに仲良く付き合えなくっても構わないんだ。気が合うかどうかは、別の問題だ。ただ、家の中で無視するなんてやめてほしい。顔を合わせたら、ちゃんと挨拶できる関係であってほしいんだ」

いつものジョークを飛ばすダッドの顔ではない、真剣な表情だった。

「ナーチの今考えてることって、どういうことかな?」

私以外の三人でのやり取りは、ひととおり終わっていたようで、まずは私の意見を聞こうということらしい。

「私は、今みたいにキムと口もきかないような関係は嫌だ。だって、キムが私の姉妹になってくれて、嬉しかったんだもの。あの最初の頃みたいに、うまくやっていきたい」

私の望みはシンプルだ。

「でも、姉妹だからって仲良くやれるかっていったら、そうじゃない場合だってあるんだよ。一緒に住んでても、うまくやれない人たちはいっぱいいる」

いつも諦めた表情で何も言わないキムが、感情をぶつけてきたことが嬉しかった。

「わかってるよ。でも、私はキムのことが好きなんだもん」

キムが、ふうっと息を吐いた。ティッシュで鼻をかんでから、久しぶりに私の目をまっすぐ見た。

「私だって、前はすごく頑張ったんだよ。ナーチのことを思ってた。でも、ナーチはいつだって言うんだ。〝アメリカ人は日本人のことが好きじゃないんだ〟って。学校でうまくいかないのを、アメリカ人のせいにする。私は、そのアメリカ人なんだよ。その言葉を聞かされて、どう思う？」

「え？　そういう意味じゃなかったのに……」

「それに、ナーチはこうも言う。〝私は英語がうまく喋れない〟って。いっつもそれを言う。ちゃんと喋ってるじゃない。今だってそう。ナーチは、私たちの言葉をちゃんと理解してるんだよ。それなのに、いつだって私はダメだ、できないってそればっかり。言い訳ばかりしてるのに、うんざりしたのよ」

「……」

正しい、と思った。でも、この期に及んでも、だって私、本当に思ったように言葉が喋れないから……と、まだ言い足りない自分がいるのだった。

「それに……」

今度はマムとダッドに向かって、怒りを含んだ目を向ける。

「ふたりは、いつだってナーチのためにやってるでしょ。どんな時だって、ナーチのためで、私のためじゃない！」

やきもちだ、と思ったら、マムがすぐに反論した。

「それは違うよ、キム。私はふたりを同じように扱ってるのよ。ナーチだけってこともないし、キムだけってこともない」

しかしダッドは、「キムの言う通りかもしれない」と冷静に言った。視線を上げたキムの瞳にぱっと光が差した。思いを吐き出してキムが泣き、私も泣いて、ティッシュの箱がふたりの間を行き来するうちに、お互いに少しずつ落ち着いてきた。

場を和ませるため、マムが何かジョークを言い、私以外の三人が笑った。私は、別のことを考えていて笑えなかった。

「ナーチ、今の聞いてた？」珍しくマムにきつく言われ、ノーと答えると「それが、大きな問題なのよ」単語をひとつずつ区切るような喋り方で、マムが言った。

「私たちは、ナーチを含めて皆で会話をしようと思っても、あなたは聞いていないのよ。そういうことが、多いの。聞いていなければ、何も始まらないでしょ」

でも、私には情報量が多すぎた。毎日毎日、耳に入る言葉が膨大で、そのうち理解できる言葉とできない言葉があって、時々本当に面倒くさくなってしまう。英語の洪水のなかで、おぼれそうになる。そういう気持ちさえ説明できない自分が、もどかしかった。

何となく、そのまま話し合いが終わりそうになったので、この機会を逃してはいけない気がした私は、「キムとふたりっきりで、もう少し話がしたい」とマムとダッドにお願いした。ふたりは二階の寝室へ行き、久しぶりにキムと正面から向き合った。

「私、キムとうまくやっていきたいの」

同じことを繰り返した。

「キムは私にとって特別な存在で、いつもキムのことを考えていたの。私なりに、うまくやっていきたくて、努力だってしてきたんだよ。いつもキムのこと気にかけてたんだよ」

ずっと思ってきたことだから、当然伝わっているつもりでいた。私の気持ちを知っているくせに、との思いもあった。

ところが、キムは興奮しながら「私だって、同じだよ。最初はすごく頑張った。ナーチのことをいつも考えてたし、仲良くしたくて努力した。でもね、ナーチは私のことなんて、全然気にかけてくれなかった。全然、まったく、もうまるっきり関心なしだった」と叫んだので、驚いた。

「え？　うそだ……」

「私はいつもナーチを思っていたんだよ。だから、〝英語がすごく上達したね〟とか〝あなたのこと誇りに思ってる〟って伝えたけど、ナーチはいつも〝ノー〟って首を振るばっかり。何を考えてるのかも、全然言わないからわからない。自分の思いを、言葉にしないんだ。クリスマスの後、私決めたの。もういいや、ナーチのことは構わないでおこう。存在を忘れようって」

キムが私のことを気にかけて、頑張っていたことを知っている。

「ごめん。私は気持ちが通じてるって勝手に思い込んでたんだね。自分の気持ちを言葉にしなかったんだね。典型的な日本人だ。そういうのが、苦手だった」

「私、一人っ子で育ったから、どういうふうにしていいのかわからないの。ナーチが大変だったように、私だって大変だったし、いつもうまくやりたいって努力もしてきたんだよ」

「私もそうだった」

「ナーチがイースター休暇に、アイオワに行った時のことも腹が立った。あっちでは友達ができてすごくうまくいったみたいに言ってたけど、すごい田舎でしょ。ナーチは珍しがられて、ちやほやされてただけなのに。BHSでは全然友達ができなくって、でもあっちではすごく楽しかったって聞くのは、すごく嫌だったんだから」

わかっていた。私がアイオワ州にスーザンを訪ねていった時のことを、キムが快く思っていないのは知っていた。

私には中学生の時から文通をしていたスーザンという同い年のペンフレンドがいて、せっかくアメリカにいるんだから遊びにおいで、と彼女の家族がエアーチケットまで用意してくれたのだ。アメリカ合衆国の真ん中、バッファローが放し飼いの牧場や農園がある小さな町に、スーザンの家はあった。

生徒数三〇〇〇人のベーカーズフィールド高校とは、けた違いに小さい彼女の高校へ、数日だけれど一緒に通う機会にも恵まれた。高校二年生は、わずか三五人。同級生は幼稚園からずっと一緒のメンバーで、驚いたことに白人ばかりだった。黒人もヒスパニック系もアジア系もいない。そこに現れた、日本人留学生だ。

私はペンフレンドというものに憧れて、中学生になるとお年玉をはたいてペンパル協会みたいなところに登録をした。確か、英語の教材を購入したうえで、スーザンを紹介してもらった記憶がある。スーザンはといえば、中学の社会科の教師ミスター・ストリックランドの紹介でペンパルに登録した。そのペンパル同士がついに会う日がきた、というのは、小さな町の特ダネだ。ミスター・ストリックランドとスーザンと私、三人が満面の笑みで並んで写っている写真が、地元の新聞に掲載されたほどだ。

授業内容はかなりちんぷんかんぷんだったけれど、高校ではスーザンがとっていたクラスに混ぜてもらって席についた。そうすると、隣の席の男子が普通に喋りかけてくるのだ。

「ねえ、週末のパーティ、ナーチも来るんだよね」と、こそこそと囁く。

「スーザンが行くようだったら、私も行くと思うよ」と答えると、「よっしゃー。ところで、知ってる？　皆でビデオ観るんだけど。あのさ、そのお……ちょっとエッチなビデオなんだけど、そういうのってナーチは大丈夫？　っていうか、観たことあるの？」

「ちょっとー。ケビン、やめてよねー」スーザンが大げさに呆れた顔をして天を仰ぎ、ケビンがえへへ、と笑う。

「彼、変態だからね」とスーザンが言い、「やめろよ。ナーチが勘違いする」とケビンが大慌てで打ち消す。そういう友達同士の馬鹿らしい笑える会話が、アイオワの高校では一日目からできたことに、私は心底驚いてしまった。ベーカーズフィールド高校では、どれだけたっても私の身には起こらなかったからだ。

学校を歩いていると、皆の注目を浴びて質問責めにあった。人に興味を持たれるというのはすごい。私のことを知りたいと思う人がいて、喋る言葉を待っていてくれる。仲間同士の会話にすんなりと招き入れてくれる。スーザンと彼女の親友メアリーとは、特に気が合った。あれ？　私って英語でちゃんと喋ってるじゃない。自分にびっくりしてしまうくらい、リラックスして笑っていた。

神様の飴と鞭だ。田舎ののんびりした高校で、私はちょっとだけ自信を取り戻すことができたのだった。ただ、あれは儚い夢みたいなもんだった。スーザンとの関係だって、長く過ごせばキムとのように、うまくいかなくなる可能性もある。白人しかいない社会で、私は唯一の日本人留学生だから、ちやほやされただけだ。ベーカーズフィールド高校を知っているからこそ、身に染みてわかった。居心地が良かったけれど、逆に怖いくらいだった。

✣

「ベーカーズフィールド高校では、いつまでたっても友達っていえるような関係が持てないし、会話が続かないの。ずっと自分の英語力の問題だと思ってたんだけど、アイオワに行ったら違った。普通に会話ができて、仲良くなれた。アイオワで私は珍しい特別な存在だったのは確かだけど、でも、なんでここではうまくいかないんだろう。それにね、アメリカ人が嫌いだなんて、私言ってないよ。カリフォルニアって場所が、すごく大変だってこと。この土地でやっていくのが難しいってことだよ」

「そんなの、ナーチの言い訳だよ。ベトナム系のタオだってジェシカだっているでしょ。みんな、最初は大変だったかもしれないけど、うまくやってる。人種がどうのってことじゃないよ。ナーチの問題だよ」

ふたりとも、目の前にいる相手に向かって大きな声を出していた。お互い興奮状態にあった。でも、人種の件に関してだけは、キムにはわかるもんか、と思った。同じ家に暮らす姉妹であっても、置かれた境遇が違うのだから当然だ。

「私、いつもキムのことを思ってたの。わかってね」

「私もナーチのことを思ってた」

最後は、ふたりでぎゅっと抱き合った。これだけを確認できれば、それでよかった。

「マムたちが心配してるから、すぐに行こう」と、そのまま肩を組んで二階へ向かうと、私たちを見たふたりは目を丸くして、「ああ、ついに」とマムが両手を広げて駆け寄ってきた。ダッドも、キムと私をふたりいっぺんに大きなお腹に引き寄せて「ふたりとも愛しているよ」と言った。

その夜、ベッドに入っても頭が冴えて眠れなかった私に、キムがドアから顔を覗かせて「ナーチ、おやすみ」と声をかけてくれた。すっかり忘れていたキムの無防備で甘い声だった。

翌朝、開けっ放しのキムの部屋を覗くと、ベッドの脇に丸めたティッシュの山ができていて、それは私の山よりも大きかった。

ただ、その後私たちの仲が急に良くなったかというと、そんなに簡単な話ではない。数日はぎこちないながらも、お互いに声を掛け合い楽しく過ごすように努力し、でもなんとなくまた、距離感がつかめずに離れていった。ろくに口をきかない関係に戻った。キムがまた、不機嫌になった。一七歳は、そういう年頃なのかもしれない。そんなに単純にはいかない。

アメリカを発つ日、キムは空港まで来なかった。自分の部屋から、玄関にいる私に向かって、そっけなく「バイ、ナーチ」と言っただけで姿も見せてくれなかった。

✣

その夏、帰国した私は、高校二年生のクラスに編入した。アフロヘアみたいな髪型でピアスをした私は、制服を着ると妙に浮いて見えて目立つものだから、すぐさま「べんばあ」に目をつけられ、「ちょっとあんた、その耳についてるのは何だい？」の声から逃げ回る日が始まった。懐かしくもあり、実際にその状況になるとやっぱり鬱陶しいのだった。

不在だった一年間が嘘のように、すぐに日常生活に戻った。一つ年下のクラスメイトたちには、「ナーチって呼んでね」「丁寧語で喋るのだけは、やめてよね」と自分から積極的に話しかけ、休み時間には元同級生のいる上の階に遊びに行って、受験勉強の邪魔をしたりした。

両親との関係は、少しだけ楽になった。私自身が、ちょっと距離を置くことを覚えたからだ。一年間娘と離れていた父は、夜の晩酌の時間に娘がいないことにも慣れたらしく、以前ほど帰宅時間についての執着は見せなくなっていた。母が乳がんの手術で入院したことも、父にはこたえたらしい。実際は何も変わらなかったけれど、「俺は気持ちを入れ替えたんだ」と、ことあるごとに口にした。

それでもやっぱり、父の怒鳴り方が尋常でなく、もう我慢できない、と逃げ出したくなるような日は定期的にやってきた。私が変わったのは、外に助けを求めたことだ。

ある夜、父が眠りについたのを見計らい、電話のコードを引っ張って居間のこたつに潜り込みプッシュホンを押した。声を押し殺して「先生、私もう我慢できません。父には耐えられません」と、泣いた。中学時代のテニス部の顧問、山田先生に電話をかけたのだった。先生になら、多くを語らなくてもわかってもらえる気がした。

教え子からの数年ぶりの電話がまさかのＳＯＳで、山田先生も驚いたと思うが、そのまま受け止めてくれた。震えながら喋る私の声が落ち着くのを待って、「ちょっと会おうか」と、あえてサラリと先生は言った。そして、次の日曜日、車で迎えに来てくれた先生にラーメンをごちそうになった。車内で父のことを話そうか迷ったけれど、どこからどこまで話せばよいのかわからないし、せっかくの時間を暗い話で台無しにするのも嫌で、私はどうでもいい話ばかりしたように思う。それでも、私は救われた。自分の発したＳＯＳを受け止めてくれる人がいる。それだけでよかった。自分がつらい時、つらいと声を上げることの大切さを、私はアメリカで教えてもらったのだった。

✣

アメリカから帰ってきた私は、実はへとへとのぼろぼろで、あと一か月でも帰国が先延ばしになっていたらどうなったんだろう、というくらいに消耗していた。必死も必死。やりつくして、もう何も思い残すこともない、燃えカスのようなものだった。

アメリカの大学に行きたい？　まさか、とんでもない。絶対に嫌。当分旅行でさえアメリカへは行かないつもりだった。敗北だ。完全にアメリカにはお手上げだ。けれども、やるだけやった充実感はあった。力の限り、踏ん張った。これだけやれば、もういいだろ私、というところまでやった。

一〇キロ近く太り、顔も体もムチムチになって帰って来た私は、帰国して母の手料理を食べたら、しぼむように痩せてあっという間に元の体重に戻った。

この時、私の体は母が作ってくれたんだ、と今さらながら思った。茹でた青菜や、煮魚、ぬか漬け、きんぴらごぼう、けんちん汁。母が作る料理で、私の体はできている。そのことに気づいた。

そして、日本のことを知りたい、と初めて思った。長い間罹っていたアメリカ熱が冷め、ようやく日本のことを知らなくちゃいけない、と気づいた。どんなに背伸びしても、アメリカ人にはなれなかった。べつに、なれなくたっていいさ。私には日本がある。ここまでくるのにずいぶん遠回りして、やっとたどり着いたのだった。

✣

アメリカ留学の記憶は、少しずつ薄れていった。高校卒業と同時に故郷を離れ、埼玉県のはずれにある大学を卒業すると、私は群馬に帰ることなくそのまま東京で就職した。

日本を訪れる外国人を見かけると、「日本を好きになって欲しいな」と、ごく自然に思う自分がいた。東京で暮らし始めた最初こそ、「東京ってごみごみしてて暮らしにくい」なんて言っていたのに、住めば都だった。

「東京の人って、冷たいよね」なんて、昔自分が言っていたセリフを聞いたら、「いやいや違うよ」とムキになって否定してしまう。これって、なんだ？

ある日ふと、キムを思ったのだ。せっかく受け入れた留学生が、いつまでたっても、土地にも学校にも馴染めず、浮かない顔をして愚痴と不満ばかり言うのだから、そりゃあ、たまらないだろう。カリフォルニアって、最悪。みんなが冷たくて意地悪だから大嫌い。

私は最初から最後まで、そう訴えていた。キムの住む土地と学校の悪口を言い続けていた。そりゃあ、嫌だよね。キムは嫌だったよね。思い返せば、あの時キムは怒っていた。私に腹を立てていた。それは当然だ。

その気持ちが、二〇代になって突然わかったのだった。ストン、と自分の中に落ちてきた。

それともうひとつ、ある重要なことに気づいた。

「ナーチはちゃんと英語が喋れるのに、いつだって、できないできないって言い続けてる。それが、嫌だ」

キムのその言葉は、当時の私にはわからなかった。だって、本当だもん。うまく喋れないんだもん。伝えきれないんだもん。そう思って、なおキムに反発したかった。

それが、三〇代半ばになった頃だろうか。ふとこの言葉がよみがえってきて、キムはせっかく褒めてくれたのになあ、と思った。キムもマムもダッドも、家族のみんなが一丸となって、私を褒めて励ましてくれた。

「一か月前にはできなかったことが、今はできてるじゃないの」と、小さな成功を喜んでくれた。ところが、私だけは喜べなかった。ダメだ、まだダメだ、と日々暗い顔をして、自分の不出来ばかりを嘆いていた。

結婚して娘が生まれ、私自身の家族を築き始めて、ようやく親の呪縛から離れた。そして、気づいたのだ。ああ、私は褒められ慣れていなかったんだなあ、ということに。

褒められたことがないものだから、いつだって自分が物足りなくて、できない人間に思えてしかたなかった。やってもやっても、ダメなのだ。満たされない。自分自身が、全然楽しめない。

そんな人間が同じ家にいて、いつも陰気な顔で歯をくいしばっていたら、どんなにしんどいことか。キムの暗い表情のわけが、わかった気がした。彼女の表情は、あの時の私そのものだ。ああ、そういうことだったのか、とキムの気持ちが突然理解できたのだった。

悪いことをしたなあ、と思った。申し訳ないことをした。三〇歳を過ぎて、私はやっとハーリー家のみんなの愛情を、そのまま受け止めることができたのだった。時間がかかった。でも、ようやく気づけたのだ。なんて幸せなことだろう、と思う。

✣

現在のキムは、三人の男の子の母親だ。留学から七、八年後、彼女の結婚式に参列した日、もうわだかまりはなくなっていた。〝ナーチ〟とうまく発音できなくて、キムだけが呼んだ〝ナートゥ〟という、あの甘い響きを聞いた時、すべてが溶けてしまった。会ってハグしたら、それでよかった。その瞬間に、彼女は世界でひとりの私の大好きな姉妹になっていた。

結婚記念に、彼女が手作りしたという陶磁器の小物入れをプレゼントされた。

「私の、たったひとりの姉妹ナーチへ。愛してる」と裏面に手書きで描いてあった。私の結婚式の時には、妊娠していたキムは残念ながら来日できなかったけれど、今ではフェイスブックで顔を見ることができる。ふっくら洋ナシ体型で、夫のジョンか息子たちと肩を組んで笑っている写真が、時々投稿されている。私の誕生日には「ナーチ、愛してる」とメッセージを送ってくれるので、私もしつこいくらいに「愛してる」を送る。

言葉にしないと伝わらないことを、今の私は知っている。

III

夫と娘

ニッポン・チャチャチャ

弁当の写真を撮ろうと思う。たしか、そんなふうにサトル君に打ち明けられた日のことを今でも覚えている。たまに行く近所のイタリアンレストランのカウンター席で、ふたりともワインを飲んで気分が良かった。

「普通の人の弁当を撮る。それって、今までないと思うんだ。俺、他で見たことないしさ。できたら、日本中回っていろんな人の弁当を撮りたいんだよね」

へえ、と相槌を打ったが、驚きはしなかった。そうきたか、と思った。

「タイトルだって、もう決まってるんだよね。俺って、まずはそっから入るから」

重大発表を終えて、本人はご機嫌である。しかし、もったいぶってなかなかタイトルを教えない。そのうち、「ナーチだってさ、やりたいことあるんだよね。まずは、やらなきゃ」と、私の尻を叩きだすのだった。

その頃、私はまだライターではなかった。小説もどきを書いて、文芸誌に応募したことはあった。でも、物語を生み出す才能なんてこれっぽっちもないことがよくわかっていた。書きたいことは、あるのだ。子ども時代のこと。父のこと。母のこと。何度か書き始めては、その都度途中で投げ出した。重くて暗くて我ながら気が滅入り、よくよく考えれば、誰がこんな話を読みたいだろうと思って放り投げる、の繰り返しだった。

それ以外、何をどう書いていいのかわからないのだった。

「テーマって大事だよ。ナーチが何を書きたいのか、テーマを見つけないと」

「じゃあ、サトル君のテーマは何よ」

「だからさ、弁当だよ。普通の人の普通の弁当。で、タイトルはさ……」

早く言いたいのに、ここまでじらしていたのは、よっぽどの思い入れがあるということだ。

「ニッポン・チャチャチャチャ」

彼は誇らしげに、私を見る。

「ニッポン・チャチャチャチャ、だよ。どう？　弁当イコールこれかなって思うんだ」

バレーボールの応援ですか？　と喉元まで出かかる。

良いも悪いもない。本人が決めたなら、それなのだ。ニッポン・チャチャチャチャ。私には、弁当よりも、体育館で白球が飛び交う場面と横断幕が頭に浮かんだのだけれど、「いいんじゃない」と答えた。

「俺は、結構いいと思うんだけどなあ」

期待していたほど私の声が弾んでいないと思ったのか、サトル君はちょっと不満気だった。

その夜は、お互いに気分よく酔っぱらって、千鳥足で家まで歩いて帰ったのだが、「ニッポン・チャチャチャチャ」を連呼しているうちに、すっかりその気になっていた。いいんじゃない、ニッポンを応援する感じだよね、ふつーの人の弁当だよね、きっと面白いよ。夜道ではしゃぐ夫を見ながら、この人らしいなあ、と思った。

✣

私にとってサトル君は、最初から「弁当の人」だった。私たちが知り合ったのは、私が二六歳、彼が三四歳の時で、さわちゃんという大学時代の友達が「ナーチに合いそうな人がいるよ」と紹介してくれたのがきっかけだった。さわちゃんは、カメラマンの永江さんと付き合っていて、永江さんとサトル君は写真家・立木義浩さんのアシスタントをしていた時の先輩後輩の関係だ。サトル君のほうが年上だったが、立木事務所に入った年が遅いため、永江さんの後輩にあたる。ふたりともすでに事務所を独立して、フリーランスになって数年が経っていた。

「これ、阿部さんの連載だよ」

知り合う前、さわちゃんが雑誌の切り抜きを見せてくれたことがあった。その連載「詩のある食卓」は、サトル君が自ら考案した料理を作って撮影し、短いエッセイを寄せるページだった。当時、カメラマンといったらナンパ男のイメージだった。写真を撮ってやるよ、と女の子を口説いてたぶらかす悪い人。そういう貧相な想像力しかなかった私は、エッセイから伝わる人柄があまりに違うので驚いてしまった。

気象観測船に乗っていた頃の話は、特に興味深かった。そもそも、何でカメラマンをしている人が気象観測船の船員だったんだ？ と疑問がわく。船員になってから、自分はもともと車でも酔うタイプだったと気づいた話、船の夜食当番の日に作ったコロッケの話、仲間の作ったカレーに干物の魚が入っていた話。

言葉少なに語られるエッセイは、想像力をかきたてられ、阿部さんに会いたいなあという思いは膨らんでいった。さわちゃんお墨付きの人でもある。ただ、期待は膨らんだが、その時私はあまりに忙しすぎた。もう、自分でも壊れるんじゃないかというくらいに無茶をしていた。

二六歳の夏、私は人生最大級の激動の中にいた。まず事始めとして、失恋をした。大学時代からの付き合いで、結婚を考えていた人にフラれた。自暴自棄になるか、メソメソ泣き暮らす日々が待っているところだったが、直後に高校時代の親友ナスから「ナーチ、今すぐ会社辞められる？」と連絡が入ったもんだから、事態が一変する。

「このタイミングを、逃す手はないよ」

ナスは『ＴＶぴあ』というテレビ番組情報誌の編集部でアルバイトをしていて、ちょうどひとりバイトの子が辞めたから、ナーチを推薦しておくよ、という話だった。

当時の私の職場は「結婚情報サービス」といういっぷう変わったサービスを扱う会社で、新卒で入社して四年目に突入したところだった。石の上にも三年、を過ぎたあたりから、じっとしていられない気分ではあった。

仕事内容は、面白かったのだ。ひとことで言えば、結婚したい人同士を引き合わせる仲人業で、会員になるとサービスが受けられる。会員になるにあたって、まず学歴や年収など自分自身の条件と、相手に望む条件をシートに事細かに書き出す。その条件を満たす人、同時に自分の条件でもいいと思う人が何人いるかを、コンピューターを使って数字として弾き出すのが、私たち営業の仕事だった。あまりに高望みで相手が少なければ、条件を下げましょうね、という流れになる。

直接入会希望者を勧誘するのは、社内で「カウンセラー」と呼ばれる女性スタッフで、人生経験豊富な主婦が多かった。新卒で入った私の仕事は、カウンセラーの女性たちのサポートで、要は入会手続きのための事務処理だ。単調ではあるのだけれど、かなり個人的なところに踏み込む業種ゆえに、私など営業の数字などそっちのけで、顔写真や本人データをつぶさにチェックしながら、その人となりを想像するのが楽しかった。そういう仕事は、嫌いじゃなかった。

定期的に開かれるお見合いパーティにも、スタッフとして参加した。モテるタイプ、モテないタイプを分析したりして、人間観察にはもってこいだった。

一万五〇〇〇円の給料引き落としで、社員寮扱いのワンルームマンションに住み、有給休暇も気兼ねなく消化できる。独身がひとりで生きていくのには申し分のない環境だったけれど、私には会社員というものがどうしても合わなかった。なにより、編集の仕事がしたかった。文章に近いところにいたかった。アルバイトでもいいからとにかく編集部に入りたい、と周りに言い続けていたところに、ひと足先に会社員を辞めて編集部に入ったナスが声をかけてくれたのだった。

会社は、急に辞められるものではない。たとえ今すぐ辞めたところで職場の痛手になるはずもない私でさえ、突然辞めるのは社会人としてのルール違反だとわかっている。

しかし、悩む間もなく「辞めさせて下さい」と上司に告げていた。

「すみません。母が病気で入院するため、急遽群馬に帰ることになりました」

事後報告に、父の怒りは爆発だ。予想はついたが、自宅の留守電には怒鳴り声のメッセージが何本も入った。夜帰宅して点滅するボタンを押すと、「貴様、一体どうなってるんだ」とよく知るだみ声が聞こえ、慌てて消去ボタンを押すと、また次に「まだ帰ってこないのかーっ」と怒りの直球が続く。ようやく全部を消してほっとしていると、待ってました、とばかりに電話が入った。

「親不孝者め」

第一声で怒鳴られ、電話はすぐに切れ、また数秒後に受話器をとると、「大学まで行かせて、なんで勝手に、や」のところでガチャリと電話が切れ、またベルが鳴る。どうやら、怒りに任せて父が自宅の電話を投げつけ、しかも充電切れも重なって、数秒喋ると電話が途切れるようになっていたらしい。そんなことを知らないから、こっちは電話地獄だ。

母からは、会社にいる私のもとに総務部経由で電話が入る。

「お前、本当に辞める気かい」と、どん底を這うような声で母が言う。

「お前のせいで、お父さんがきちがいみたいになってるんだよ。怒鳴って怒鳴って、大変なんだよ」と、生気の抜けた声で訴えてくるのだった。

これには肝を冷やした。総務の人が、〝入院する母〟に何か言葉をかけたりしないか、父があの勢いで会社に電話をかけてこないか、いてもたってもいられない。当時は携帯電話なんて持っていないから、何時に帰宅するのかわからない娘に何か伝えるには、会社に電話するのが一番だと両親は思っていた。

会社を辞めるとなったら、寮扱いのマンションも即座に出て行かなくてはならない。怒濤の中、不動産屋を回って部屋探しもした。仕事の引き継ぎをして、事情を知っている同僚に引っ越しの荷造りまで助けてもらって、二週間後には神奈川県の狭いワンルームの部屋に引っ越した。仕事場は都内でも、アルバイトの月給で払えるところ、と考えて部屋探しをしていたら、東急田園都市線の終点、神奈川県の中央林間駅まで下っていた。

知らない町に住み、新しい職場に通い、付き合っていた人は去り、両親は怒り心頭。何も考えるまい、と決めた。体を動かしてその日を過ごすことに、精一杯だった。

待ったなしで、新しい仕事は始まった。雑誌の編集部に入ったといっても、私の仕事は「日本テレビ」と「読売テレビ」の番組表を入力することだった。番組表がどんなものか想像がつくと思うが、基本的には同じ曜日の同じ時間には帯番組が入る。

ところが運悪く、しょっぱなから『24時間テレビ』なんていう特別番組が入っていた。タイムテーブルを組みなおすと、あっちもこっちも枠がずれて文字が収まらない。その後は秋の番組改編時で、次々と番組枠が変わる。特別番組ばかりになる。毎晩、終電の時間が近づくと、時計とにらめっこしながら仕事をした。スペシャル番組の内容が判明した、ゲストの名前が発表された、となるとすぐにパソコンに入力する。出演者の名前にも、序列があるから注意だ。いつもギリギリに会社を出て走り、終電に飛び乗るような日々だった。

雑誌の校了を三回経て、ひと息つけるタイミングがようやく私にも訪れたのは、夏の終わりだった。さわちゃん、永江さんが、サトル君と私を引き合わせるべく、横浜中華街へ行ってごはんを食べよう、と提案してくれた。

和食の板前さんみたいな風貌の、腰の低い、やたらと気の利く人。それが、サトル君の最初の印象だった。中華料理が運ばれてくると、これはもう自分の仕事だと言わんばかりに、ささっと各自の皿に取り分けてくれる。出会ったことのないタイプだった。

✣

付き合い始めてすぐ、あることに気づいた。顔を合わせると決まり文句のように、「今日、何食べた?」とサトル君は聞いてくる。

最初は面食らった。「買った弁当」とそっけなく答えても、「どんな?」と続くもんだから、自分の朝からの行動を順に振り返らなくてはならない。食欲がなかったから、家では食パンを焼いて食べただけで、電車を降りて駅の近くの弁当屋で、えーっと今日買ったのは何弁当だっけ? 何を食べたかなんてこと、食べた瞬間に忘れているのだった。

そのうち、彼の性格がわかってくると、こちらも適応してくる。

「えーっと、今日は中華弁当にしたから、春巻きでしょ、焼きそばでしょ、あとシュウマイも入ってたかな。あ、でもメインはナスのピリ辛炒めね」

買った弁当の中身を、覚えているようになった。それを聞くサトル君は、中華弁当を頭の中に思い浮かべて、満足している様子なのだった。

「ああ、それからね、夕方には散歩もかねてパン屋へ行ったんだよ。シナモンのきいたぶどうパンを一個」

「へえ」

嬉しげに彼はうなずく。

こんなこと聞いて、何が面白いんだ？　と思った。最初は、天気の話みたいに会話のとっかかりとして、まずは食べ物の話題を持ち出したのだと思っていたのだが、明らかに違う。私が何を食べたかを純粋に知りたがり、ふむふむ、とそれを想像して楽しみ、俺もそれを食べたいな、とか、どんな味なんだろう、と考える人なのだった。

付き合って、半月ほどたったある日、「近くにいるんだけど、ちょっと出てこられる？」と、サトル君から電話をもらって、会社の近くで待ち合わせをした。夕方近い中途半端な時間に一体なんだろうと思って約束の場所へ行くと、いつもの穏やかな顔で彼が待っていた。

「もし、まだ夜の分を買っていなかったらいいなあって思って」

手渡されたのは、手作りの弁当だった。

「自分の晩飯を作るついでだから、大したことないんだよ」と言い、彼はそのまま帰っていった。弁当箱を手に会社に戻った私は、さすがにぐっときてしまった。何にぐっときたかって、あのさりげなさだ。

机に弁当箱を置き、青い男物のハンカチをぎゅうぎゅうに引っ張って結んである感じがいいなと思った。にやけてしまう。それにしても、あのさりげなさは一体何なんだ？

もし私が誰かに弁当を作るとしたら、こんなふうには手渡さない。前もって、「弁当作るよ」と相手に伝える。「今日は手作り弁当だからね、よろしくね」と念を押す。相手がすでに食事を済ませていたり、買った弁当を用意していたり、誰かと外食の約束をしていたら、私には我慢できないからだ。なぜなら、わざわざ作る弁当なのだ。

✣

二〇代の私にとって、手作り弁当は特別なものだった。特別も特別、誰かに作った記憶さえない。いや、正確に言うと一〇代終わりに一回ある。特別な誰かにではなく、入ったばかりの大学のテニスサークルで、葛西臨海公園にピクニックに行った日のことだ。なぜだか、春のその新歓ピクニックは、女子だけが手作りの弁当を多めに作って持って行き、男子は手ぶらで参加するというものだった。

女子寮の共同の台所で、私は友達の知恵も借りながら何とかおかずを数品、タッパーに詰め込んだ覚えがある。なにせ、大学生になって自炊生活が始まったばかりで、料理のレパートリーなんてほぼない。私が味噌汁作ったから、あなたの野菜炒めちょーだいね、というような、女子寮のゆるい共同生活では、一品作れば、他の誰かのおかずが加わって、それなりに夕飯らしくなるのだった。料理の腕がぱっとしなくても、楽しく生きていけた。

あの新歓ピクニックの日に自分が何を作ったのかは覚えていないが、なんで女子だけ作るんだ、と納得がいかないものだから、楽しいどころか不満たらたらで作った弁当だった。

葛西臨海公園の芝生の上に大きなシートを広げて、お弁当箱が賑やかに並んだ光景は今でも覚えている。品評会だった。男子がニヤニヤしながら、弁当と女子の顔を見比べていた。「料理上手だね。いい奥さんになれるよ」というようなことを、しれっと口に出す男子の存在こそが、私には我慢ならないのだった。

テニスサークルには、その後がある。入部すぐに親睦を兼ねていろいろな行事があるなかで、河口湖に泊まりで行く合宿があった。宿での夕飯は、ほぼ飲み会である。ひたすら飲んで騒ぐ。二日酔い気味で迎えた朝食で、私はびっくり仰天してしまった。

女の先輩が、男の先輩の横にぴったり張り付いて座り、タイミングを見計らって「おかわりは?」と声をかけるのだ。「あ、どーも」なんて言いながら、遠慮するふうもなくご飯茶碗を差し出す男連中。女の先輩たちは、それが当然というふうに、あちこちの男子に声をかけ、茶碗を受け取ると炊飯ジャーとの間を往復していた。それを見た一年女子は、途端に居心地が悪くなって、目の前の男子の茶碗を取り上げて無理やりおかわりをよそってくるのだった。

あの瞬間、ダメだ、ついていけない、と思った。

「サークルを辞めます」と男の部長に伝えた時、「なんで辞めちゃうの? 理由はあるんでしょ?」と聞かれたけれど、「弁当とご飯のおかわりが、決定的な理由です」とは言わなかった。そういうことを言うと、何かと男女平等を訴える面倒くさいやつだ、と思われる気がしたからだ。

たしかに私は、その部分では妥協はできなかった。家で父が威張っていたから、余計にである。母の不平不満を毎日聞かされていたから、当然である。女ばっかりが料理や家事をやるのはおかしい、と思っていた。

だから付き合っている男の人のために、わざわざ手料理を作って振る舞おうという気が起こらない。一人暮らしを始めてから、カレーを作って一緒に食べようかというような状況になっても、自分が食べたいから作るまでのこと、と自分に言い聞かせて作るようなところが私にはあった。

　そういうわけだから、誰かのために弁当を作るという発想がなかった。作ってあげたい、なんて考えなかった。当然、男の人から弁当を作ってもらう経験などなく、サトル君の弁当は、母が高校生の時に作ってくれた以来の、誰かの手作り弁当だった。

✣

　机の上のパソコンと資料を脇に寄せて、弁当箱を開いた。煮込みハンバーグとインゲンの胡麻和え、茹で卵が入った弁当だった。ドミグラスソースの絡まったハンバーグは、食べやすいようにひと口サイズに包丁が入れてある。インゲンはしゃきっと歯ごたえがある。ご飯は、柔らかめ。茹で卵にはごま塩がひとふり。美味しかった。じんわりと心にしみるような、美味しさだった。

　あれ以来、サトル君はちょくちょく弁当を作ってくれるようになった。出会って半年後には入籍して一緒に暮らし始めたので、朝私が家を出る時に持たせてくれる。その当時彼は、立木事務所から独立してフリーランスになったばかりで、まだ自分を指名してくれる仕事がそう多くはなかった。時間がたっぷりあったので、空いた時間は台所に立ってせっせと料理に励んでいた。

　ある日、弁当箱を開けておや？　と思った。白いご飯の上に、茶色いべちゃっとしたものがのっている。私だったら、絶対に買わないもの。小女子《こうなご》と胡桃を甘辛く煎り煮した地味な佃煮だった。男の人がスーパーでこれをわざわざ選ぶところを想像して、私は思わず頬が緩んでしまった。

家に帰って尋ねると、「死んだばあちゃんの味なんだ」と言う。

「よく巻き寿司を作ってくれてね、その中にこれが入ってたんだよね。胡桃が入ると、巻き寿司が美味しくなるんだ。スーパーに行ったら久しぶりに見つけて、懐かしくなって買っちゃった」

それを聞いて、ああそうか、これだったんだ、と体の中の力が抜けるような気がした。子どもの頃、私が欲しかったもの。残念ながら、私の母にはなかったもの。おまけ、あそび、寄り道という類いのもの。スーパーの中で、いつも行かない売り場に寄り道して佃煮を見つけ、ばあちゃんを思う、そのほんの一瞬の時間。

弁当を詰める時、これを食べたらナーチはどう思うかな、と手を止めて、私のことを考えてくれたに違いない、その時間。

サトル君の弁当には、何かしらの余韻があった。

✣

サトル君は、「鼻歌弁当」を作ってもらった子どもだ。母親のマサコさんが実際に鼻歌を歌ったのかは知らないけれど、いつだってごきげんな弁当だったことは想像できる。

彼が中学生の頃の写真を見たことがある。ふわふわの髪をポマードで撫でつけて、太いズボンを穿いて、腕を組み、斜め四五度の決めポーズで写っていた。あの当時流行った、ツッパリもどきである。幼い顔立ちのせいで迫力に欠けるのだが、周りの友達も皆似たようなスタイルでポーズを決めていて、時代を感じる。

写真を見る限りは微笑ましいのだが、羽目を外して親に迷惑をかけたらしい。それでも、「おふくろや親父に怒られたって記憶、ないんだよなあ」と呑気に笑っているから、本当にそうなんだろう。我が家とは真逆の、おだやかそのものの家族の中でサトル君は育った。

高校の美術教師をしていた絵描きのおじいちゃんと、若い頃は看護師をしていたおばあちゃん、現代詩人の父親、児童文学の書き手である母親、妹がひとり。一家の大黒柱が現代詩人だから家計は楽ではなかったのに、そういう意識も彼にはない。愚痴や不満というものが、家庭の中に存在していなかったためらしい。とにかく両親の喧嘩なんて一度も見たことがないという、私には信じられない、怒鳴り声とは無縁の家庭で彼は育った。

結婚した時には、おじいちゃんおばあちゃんはすでに他界していたので、阿部の実家では両親と妹の三人で暮らしていた。遊びに行くと、いつも義母のマサコさんが作るご馳走を皆で食べた。阿部家にとってのコミュニケーションは食卓を囲むことであり、結婚してから私が阿部家で過ごした時間の八割は、食べている時間だ。

台所の流しを背にした場所が、常にマサコさんの定位置だ。ごはんを食べるのも、文章を書くのも、読書するのも、テレビを観るのも、常にそのダイニングテーブルだ。朝から晩まで、そのわずか一メートル四方を行き来しながら、立ったり座ったり、料理を作ったり物語を紡いだりしているのが義母である。

ちょっと家に寄るだけでも、阿部家には作り置きのおかずが何かしらあって、手際よくタッパーに詰めて持たせてくれるのだった。打ち豆と青菜を酒粕で煮付けた「煮菜」は、亡くなったおじいちゃんおばあちゃんの故郷新潟の郷土料理で、冬になるといつも登場する。ミートローフやピラフ、ピクルスというような洋風の料理も作る。料理番組で見て気になれば、何でも試してみるのがマサコさんだった。

結婚当初は、家に帰ってもご飯を炊く手間が大変だろうと弁当を持たせてもらうこともあった。マサコさんの作る弁当には、青じその味噌炒めがご飯の上にちょっとのっていたり、小さく切った海苔や焼きたらこが、申しわけ程度にのっていたりする。それらは遠慮気味に「おまけ」としてあるのだが、私などいつも、そのおまけに心が和むのだった。

ご飯とメインのおかずを詰めて、「もうちょっと、何かないかしら」と冷蔵庫の中を覗き込み、こんな時のためにとっておいた何かの残り、切れっ端を見つける。

「よしよし、これでばっちり」と、マサコさんが微笑む顔が目に浮かぶのだ。枝豆だったり、赤かぶの漬物だったりが弁当の隙間に埋め込まれる。そのおまけは、食べる人の顔を想像しながら、最後のひと手間を加える時間だ。

サトル君にとっての弁当と言ったら、こんな弁当だ。特に豪華ではないけれど、蓋を開けると楽しい鼻歌が聞こえてきそうな弁当。だから、彼が作ってくれる弁当も、やっぱりおまけやあそびが隠れているごきげんな弁当になるんだろうな、と思うのだ。

✣

普通の人の弁当を撮る、と宣言してから、サトル君は大学ノートの表紙に「ニッポン・チャチャチャ」とタイトルを書いて、いつも手の届くところにそれを置いていた。何やら、日々書き込んでいるようだった。新聞の切り抜きを貼りつけ、ノートは日々膨らんでいく。ちらりと覗いてみると、「漫画家が息子のために毎朝弁当を作る」というインタビュー記事の切り抜きが貼ってあった。別のページには、取材で行った時に車を停めた駐車場で、パラソルを広げて野菜を売っていたおばちゃんが弁当を食べていた、ということが鉛筆で書いてある。彼自身、弁当を撮るとは決めても、どのようなスタイルで撮るのか、まだ決められずに試行錯誤している時期だった。

ある日、サトル君の運転する車に乗っていると、何気ない会話からまたいつもの弁当の話題になっていた。信号で停車すれば、隣に停まったベンツの女性が昼何を食べるのか気になるような人だ。公園で弁当を広げるサラリーマンを見つければ、必ず手元を覗く。ふたりでドライブしていても、食べ物の話はしょっちゅうで、私も慣れっこになっていた。

「弁当の写真のことだけどさ」

「うん」

「決めたよ」

「うん？」

「決めたんだ。弁当を作る人じゃなくて、食べる人を撮る。食べる人のポートレートを撮る」

「……うん」

「弁当の本っていろいろあるけど、いつも作る人が出てくるんだ。料理って、作る人のものって感じだよね。そうじゃなくって、俺は食べる人を撮るよ。そのほうが、世界が広がる。食べる人を通して、作る人の姿まで見えてくるんじゃないかと思うんだ」

方針の決まったサトル君は、もう迷いがなかった。助手席の私を見ながら、視線はその向こう側を見ているみたいな顔つきだった。

一方の私は、急に居心地が悪くなっていた。彼が、弁当への溢れる思いを語り始めても、言葉が耳に入ってこない。窓の外の高層ビルの風景が流れるように、言葉が右から左へ流れてしまう。連れ立って歩くサラリーマン。水玉模様のワンピースが似合う女性。ベビーカーから身を乗り出して泣いている赤ん坊。助手席から見える街の風景が、いつもみたいに面白く映らない。

「子どもも、撮るんだよね」

「そうだよ」

「小学生や中学生も、撮るんでしょ。お母さんが作った弁当と一緒に」

「そうだよ」

✣

その時、段カットヘアの日焼けした女の子が目の前にいるような気がした。セーラー服のスカートに突っ込んであるヘアブラシを休み時間のたびに取り出して、短い髪をせっせととかす、静電気の力でつんつんに逆立てるのがカッコいいと信じている、田舎の女の子だ。そろそろ、べたついてきた髪を早くとかしたい。ラメ入りのリップクリームも塗りたい。でもその日は、髪型と同じくらい、机の引き出しに入れたお弁当のことも気になっていた。今朝に限って、中身をチェックし忘れたお弁当。気づいた時には蓋が閉めてあって、ハンカチで包んであった。そういう日が危ないのだ。昨日の夕飯は鍋だったし。

どうして弁当のことで落ち着かないかと言えば、担任の横に立っているカメラマンのせいだ。突然やって来たと思ったら、「今日は、皆さんの弁当の写真を撮ります」なんて言う。さっぱり意味がわかんない。きゃーきゃー言うクラスメイト。絶対にヤダ、なんて言うくせに、嬉しそうな顔しちゃってる友達。教壇から生徒たちを見回す、やたらとニコニコしてるカメラマン。極めつけはこの一言だ。

「僕が撮るのはお弁当ですけど、お弁当を通して、それを作るお母さんや、皆さんの家族のことを見たいと思ってるんです」

なんて、恐ろしい。お弁当を通して、家族を見るって? 家族ってあんた、そんなもの見せるわけないじゃん。こんな、突然来た知らないおじさんになんか、見せるわけないじゃん。誰にも、知られないように頑張ってきたんだから。ずっと、見せないできたんだから。

「じゃあ、皆の中からひとりを選ぶのも難しいので、ここは生徒会長ってことで直美さんに代表してもらいましょうかねえ」

担任が、あっさりと私を指名した。周りがわーっと叫ぶ。最悪。悪夢。これぱっかりは勘弁してほしい。

気が動転して隣を見たら、笑顔の弁当カメラマンは撮影に使うカメラのことでうーん、と首を捻っていた。

「前に部屋の作品を撮った時には8×10カメラを使ったけど、あれはちょっと違うなあ」

「……ねえ、なんで子どもの写真も撮るの？」

私が不服そうに言うもんだから、サトル君はちょっと戸惑ったようだった。

「子どもだけじゃないよ。お年寄りも、とにかくみーんな撮る。お弁当を食べてる人だったら、どんな人でも撮りたいよ」

「サトル君はさ、いつだって愛情いっぱいの、見た目も素敵な弁当を作ってもらった思い出しかないんだよね。お母さんのお弁当、ずっと好きだったんだよね。嬉しかったんだよね。幸せだよね。だから、わからないんだ。わかんないの、あなたには。そうじゃない子の気持ちなんかさっ」

後半は、怒りで声が震えていた。なんかもう、こみ上げてくるものを呑み込めないのだった。

「大人はいいよ。たとえば、奥さんが作る弁当を食べるサラリーマン。それは自己責任っていうか、自分の意志で奥さんを選んだわけだから。どんな弁当だろうと愛妻弁当ってことで、いいんじゃないの？　でも、子どもは違うよ。まだ扶養されてる子どもはダメだよ。だって、その子の責任じゃない。家庭環境が弁当から透けて見えるなんて、そんなの残酷なことだよ。ひどいよっ、まったくもう」

完全に中学生に戻ってしまった私が、サトル君に八つ当たりをしていた。なにさ、恵まれた環境で育って。あなたは幸せだったんでしょ。だから弁当なんか撮ろうと思ったわけでしょ。日頃から感じていた感覚の違い。温度差。だからこそ、私たちは夫婦としてバランスがとれているのに、この時、私のひがみ根性がどっと溢れ出した。

車内は、険悪である。サトル君はといえば、せっかくの決意、重大発表に完全に水を差されたものだから、黙り込んでいる。あたりが薄暗くなって、前の車のテールライトをぼんやり見ていたら、サトル君が言った。

「良いのか悪いのかなんて、俺にはわかんないよ。子どもを撮ることに関して、ナーチは自分の思いがあるのかもしれない。そりゃあ、俺とナーチは育った環境が違うし、それを言えば、誰だって違う。うまく言えないけどさ、見えてきたものがどんなものであっても、意味があると思う。良いとか悪いとかの問題じゃない。俺の場合は、ただ撮るってことに意味があると思う」

✣

それからだ。サトル君の作品としか考えていなかった「弁当」が、私に近づいてきた。

本屋に行けば、それまではほとんど立ち寄らなかった料理本コーナーに向かい、弁当の本を開いてみる。今から二〇年近く前、弁当関係の本は今ほど種類もなく、ほとんどが料理家が作る彩りの美しい弁当のレシピ本だった。ブログ発とか、一般の人の弁当、というカテゴリーは皆無で、だからこそサトル君のアイデアは斬新に思えた。

弁当のレシピ本をぱらぱらっとめくっていると、美味しそうとか作りたいという気持ち以前に、料理家自身のことが気になるのだ。どんな子ども時代だったんだろう。どうして彼、彼女は、料理の仕事についたんだろう。

料理の写真やレシピにまじって書いてある、短い文章の行間に思いを馳せた。リンゴの季節にお母さんがアップルパイを作ってくれました、という記述に、エプロン姿のお母さんと、焼きたてのアップルパイを頬張る子ども時代の料理家を思い浮かべる。

別の料理本を開く。お母さんが作ってくれた、あつあつのグラタンが好きだったこと、一緒にコロッケを作ったことが書いてある。

どの本を開いても、料理上手なお母さんがいて、「今の私の原点は、母の味です」というような幸せの連鎖が垣間見えた。家族揃っての和やかな食卓。料理は愛情というキーワード。

そういうことは、知っていた。頭ではわかっていた。幸せな食卓を経験したからこそ、舌の記憶との相乗効果で、大人になった時に誰かのために美味しい料理を作りたい、喜ばせたいと人は思うのだ。

少し前までは、料理本を見てもこんな気持ちにはならなかったのに、気分が沈んだ。あれ？　私どうしちゃったんだろう、と思った。

✣

サトル君と結婚して、周りから「旦那さんの手作り弁当を食べる幸せ者」と、私は言われるようになっていた。編集部の仲間が、コンビニで買ったから揚げ弁当のプラスチックの容器を開ける時、私はその横で男物のハンカチに包まれた手作り弁当の蓋を開けた。

「今日の中身は？」と、興味津々で弁当箱を覗き込む仲間のため、メインの生姜焼きを箸でつまんで一口頬張る。

「いいよねえ、まったく。旦那さんが弁当作ってくれるなんて、信じらんない」と羨ましがられて、「サトル君ってさ、ほら、ちょっと変わってる人だから」なんて言う時の、照れと優越感。ひそかに、鼻高々だった。

お弁当だけではない。結婚したことで、食生活全般が劇的に変わった。当時の私は、最終電車で真夜中に帰宅して、翌日は昼頃出社するという生活パターンだ。しかも知り合って半年後には入籍し、彼がひとり暮らしをしていたアパートに、そのまま転がり込む形で新しい生活がスタートしたこともあって、私は新妻というよりも居候だった。台所の主導権は、もともとの住人の彼にあった。

台所に立つサトル君の後ろ姿を見て、食べるということの意味を教えてもらったように思う。彼が米を研ぐ時の、足を踏ん張ってキュッキュッと丁寧に米を揉みザザーッと水を入れかえる姿に、私の視線は釘付けになった。米を研いでます、と全身が言っていた。私はといえば、シンクにもたれながら、しゃりん、しゃりん、と米をかき混ぜて、こんなもんかな、で終わらせていた。

夜遅くに帰宅しても、彼は出来合いのもので済ませようとはしない。冷蔵庫にもやしと卵を見つければ、手際よく炒め物を作ったし、鰺は自分でさばいて、刺身となめろうの二品をあっという間に並べた。

彼にとっての料理は日常の暮らしの一部であって、ひとり暮らしの時には一人分を、ふたりになったら二人分を作る、ただそれだけのことだった。

炊きたてのご飯に自家製の海苔の佃煮、カレイの煮つけ、サトイモの味噌汁。「さあ、できたよ」

と湯気の立つ料理を皿に盛るところまでされたら、参りました、と思う。出来立てのアツアツをふたりで食べる時、「美味しいね」という言葉が自然と口をついた。文句なしに、美味しかった。野菜の味、魚の味、ご飯の味、味噌の味。私は結婚して初めて、味わうことを知ったのだと思った。

さらに、自分で作る料理までが突然美味しくなったのは驚きだった。ブロッコリーを茹でる時の加減や、野菜を炒める時の火の通し具合など、私までがみるみる腕を上げた。思うに、それまでの私は、どこか投げやりな気持ちで台所に立っていた。いや、そんなことさえ意識したことはなく、めんどくさいな、を押し殺しながら、とりあえず一品を作り上げていた。野菜炒めがシャキッとしていなくても、そんなもんかな、で済ませていた。

サトル君は違う。観察していると、〝美味しいもんが食べたい〟気迫に満ちていて、フライパンを振る時も食材から決して目を離さない。片栗粉をまぶした豚肉をカリッとするまで炒めたら、いったん皿に移し、その脂を使ってもやし、ニラを炒める。野菜に艶が出てきたところで、さっきの豚肉を戻して一気にフライパンを振る。

この時の注目点は、彼の顔である。皿の一枚も洗いながら彼の表情を覗いてみれば、これから美味しいものを食べるんだ、という喜びと料理をする楽しさで、目が笑っている。優しい顔で、料理をしている。

お腹が空くと不機嫌になる私は、ここでも反省するのだった。料理は心。料理は気迫。ひとつひとつが、発見だった。

そんなわけで、私は結婚によって〝美味しいもの〟を食べる幸運に恵まれ、いつの間にか自分を、

〝美味しいものには目がない食いしん坊〟だと思い込むようになっていた。料理番組で珍しい料理を紹介していれば、作ってみようかな、と思うし、雑誌やガイドブックで〝これは〟というカフェやレストランを見つけては、行きたいと思うようになった。

食べることが、断然楽しくなった。食に対して、熱い情熱を持つ人たちと同じ側にいるつもりになっていた。幸せ連鎖組に、自分も収まったような気分でいた。

だから、サトル君が「日本中を回ってお弁当を撮ろうと思う」と言い出した時だって、一緒に面白がることができたのだ。私にとってのお弁当は、もはや子ども時代のお弁当ではなく、サトル君が作ってくれるお弁当になっていたからだ。

✣

本屋の店先でお弁当のレシピ本を眺めながら、私が感じたのは疎外感だった。私自身の過去を、突きつけられたような気がした。料理本を作るあの人たちには到底なれないんだ、という気持ち。私には、決して立ち入ることのできない領域だという思い。

サトル君にはその資格がある。幸せの連鎖をそのまま受け継いだ彼だから、弁当を撮ろうなんてことを考えつくし、きっと作品として表現ができる。でも、私は？　食べること、食べ物について、自分は何か文章にできるのか。

子ども時代に幸せな食卓を経験しなかった、お腹の空かない子どもだった私には、料理を幸せの象徴のように表現できない。そんなふうに肯定的に、好意的に食べることと向き合えない。

いつの間にか、弁当は彼だけでなく私のテーマにもなっていた。そして、無性にイライラした。本屋の棚いっぱいに並んだ料理本、弁当本を前にして、私の中にいるひがみ虫が暴れる。どう背伸びしたって、私は彼らみたいにはなれない。かなわない。根本が違う。悲しいよりも、腹が立った。

✣

サトル君はマイペースな人なので、その後も慌てるふうもなく、大学ノートにあれこれ書いたり貼ったりしながら撮影構想を温めているようだった。

そしてついに、「実際に撮影してみるから、お弁当を作ってもらえるかな?」とお願いされて、私が弁当を作ることになった。その時には『TVぴあ』の編集部を辞めていて、弁当を作ってもらう立場から作る側になっていた。作ると言っても、朝早くに取材に出かける彼に、おむすびを握って持たせるくらいのことだ。

公園で弁当を撮る、というサトル君と一緒に、近所の公園に向かった。記念すべき初めての弁当撮影だというのに、助手の私は「暑い」だの「疲れた」だのと不満たらたらだったように思う。お腹の中には娘がいて、つわりの時期は過ぎたもののやたらと眠かった。

4×5カメラを使っての弁当撮影は、時間がかかる。公園の隅に場所を決めると、日陰になるよう、大きな木の下にボードを敷いて弁当を置き、俯瞰で撮った。これは今も同じだが、「箸の持ち手の方を、一ミリ上げて」とか「弁当箱を、時計回りにほんのちょっと回して」という具合に、ファインダーをのぞくサトル君から指示が出る。

一ミリ動かそうとして、つんのめって箸をずらしたら、やっかいだ。「もうちょっと」「いやいや、逆側に動かして」と言われて、一瞬息を止めて指先に集中しなくてはいけない。妊婦にはしんどい作業である。アリや虫との闘いでもあった。なんで弁当撮影がこんなに大変なんだ、と驚いたが、サトル君は満足そうだった。

彼が粛々と撮影計画を進めるなか、私は私で突然自分に突きつけられた「弁当」問題に揺れていた。「作る人じゃなくて、食べる人を撮る」とサトル君が言ったあの日に、何かが始まっていた。

子どもの弁当を撮ることは、やっぱり気乗りはしなかった。ただ一方で、無理やり撮るわけじゃない、と自分に言い聞かせる。嫌かどうか、本人の意見を尊重するのだ。大人が勝手に決めてはいけない。そうだ、その部分をサトル君には念を押しておかなくちゃ。子ども本人が、撮られたいと思うかどうかが重要なのだ。

たとえば、私。中学生の私は、絶対に取材なんか引き受けない。誰が何と言おうと、嫌だ。弁当の時間が苦痛でたまらなかったし、他の家庭が羨ましかった。けれども、高校三年生の私ならどうだろう。嫌、とは言わないかもしれない。アメリカ留学から帰ってきて一つ下の学年に編入した私は、母が作る弁当から家庭が透けて見えようとも、「だから何?」と開き直れるくらいの図太さは身につけていた。あの一年間で、両親と距離を置いて向き合えるようになり、随分と気持ちが楽になった。

アメリカはやっぱり、〝ひとりひとりみんな違う〟を地でいく国だった。カリフォルニアで暮らしたからこそ、自分の家庭環境が他と違っていようと、そんなことに深く傷ついていても始まらない、と思えるくらいにはなっていた。高校三年生の私なら、取材はオッケイと言うはずだ。

同じ環境で同じ親が作る弁当でも、取材を受ける本人の意識次第というわけだ。その子が「いいよ」と言うなら取材すればいい。「嫌だ」と言うなら、取材しない。そう考えれば、シンプルだった。サトル君の言うように、写真を撮ることに意味があって、そこから見える現実をただ受け止める、ということかもしれない。判断は、撮られる本人がすればいい。

お腹の中の娘が育っていくなか、私自身にも気持ちの変化が起こっていた。ただ、その頃はまだ、自分がお弁当の文章を書こうとは思っていなかった。撮影で手伝えることがあれば手伝おう、と決めていた。

家族巡業のはじまり

「カメラマンってさ、どっちかだと思うよ。自分の家族の写真を撮る人と、全然撮らない人と」周りの仲間を見ながら、感じていたのだろう。サトル君は「俺は撮るほうだよね」と得意げに言い、娘が生まれるとせっせとシャッターを切った。赤ん坊は日々変わっていくし、その存在だけで可愛いから写真を撮りたくなるのは誰しも同じと思うが、彼の場合、妻である私にもカメラを向けた。本人もきっと、そのことを強調したかったのだろう。

「自分の妻なんか撮って、何が面白いんだよ」との意見が大半らしいので、それを踏まえて〝俺ってちょっと変わってる〟というところだろう。

娘のヨウが生まれた二〇〇二年は、フィルムで写真を撮っていた。ヨウは夜何度も起きる手のかかる赤ん坊だったから、それに付き合う私も慢性的な寝不足で、日中だって新聞ひとつ読む時間を持てないバタバタで、朝起きてから顔を洗うのも忘れている。サトル君はというと、もともとがおっとりマイペースな人なので、涼しい顔でカメラを構え、「鬱陶しいからやめてくれ」と言う新米母の鬼の形相をフィルムにおさめたりしていた。

サトル君の関心ごとは、娘であり妻であり、ご近所さんであり、我が家の向かいの畑で野菜を作り続けている農家のSさん親子であり、公園で遊ぶ子どもや親達であり、いつも行くスーパーであった。つまりは、ごくごく身近なところにある暮らし、日常こそが彼の好奇心を刺激した。

私たちが知り合う前、立木義浩さんの事務所にいた頃、彼は日常の対極にあるような場に身を置いていた。立木さんは有名な俳優さん達が、「ぜひ撮って欲しい」と熱望する、時代を撮り続けてきた写真家だ。スケジュールは先の先まで埋まっていて、三人のアシスタントがフル回転で働いても仕事が終わらないくらいに忙しかったらしい。時代は、バブルが弾ける前。各業界きっての著名人を撮影する現場とは、私が想像する〝華やかな世界〟をまさに地で行くものだったに違いない。彼はそこで五年間、アシスタントとして同じ空気を吸っていたわけだ。

その人が、独立して自分の作品として向き合おうと思ったのが「弁当」だった。すごいギャップだなあと思うのだが、それがサトル君という人だ。

フリーになってからは、来る仕事はどんなものでも受けていた。有名写真家のアシスタントだったからといって、すぐに仕事が回ってくるような甘い世界ではないから、一本ずつ地道に仕事を積み重ねていくしかない。雑誌の取材で、バレーボールやゴルフの大会に行く。芸能人を撮ることもあれば、料理の写真も撮る。旅もので海外へも行く。そのなかで、自分の作品は別物だ。写真展と写真集で発表したい、という思いを胸に、時間とお金を何とか工面しながらコツコツと撮りためていくのだ。

✣

「カメラマンってさ、どっちかだと思うよ」

数年後にまた言った。

「夫婦で一緒に仕事をするのは絶対にヤダって人と、いいっていう人。そのどっちかだよね」

「カメラマンとライターとか、カメラマンと料理研究家ってこと？」

「そうそう。そういう組み合わせの夫婦って結構いると思うけど、ほとんどの人は一緒に仕事をしたがらないみたいだ」

「……で、なに？　変わり者だって言われた？」

「たぶん、思われてるよね」

夫が変わり者のおかげで、今の私がある。

✣

私が作った「弁当」を近所の公園で試し撮りした後、サトル君は少しずつ作品撮りを始めた。彼が自分で電話をかけて取材依頼をし、現地に行って撮影をする。私はほぼノータッチだった。朝早くに出かける時におにぎりを二つ握って持たせるくらいで、当時、子育てがスタートしたばかりの私は赤ん坊のヨウとその日を過ごすことで手一杯だった。

ある日、夕飯を食べながら、次に撮ろうと思っている弁当の人の話になった。以前見たテレビ番組に那須高原の釣り堀、その名も「つれないつり堀」が出てきて、経営する秋元正次さんのことが気になって連絡したという。釣り堀は秋元さんの手造りらしい。

「普段、弁当を持って行って食べているんじゃないかと思ったら、やっぱりそうだったんだよ。取材受けてくれるっていうんだ」

思わず、「いいなあ。私も行きたいなあ」と本音が口を出た。近所の公園とスーパーで完結している私の生活に、変化が欲しかった。

「じゃあ、行く?」

「え?」

「一緒に行こうよ」

「そんなこと、簡単に言うけどさあ」

よちよち歩きで一番手のかかる一歳児を連れて、どうやって撮影なんかするのよ? と最初から諦めモードの私は、ダメな理由を考え始めた。サトル君はといえば、「大丈夫、大丈夫」とすでに乗り気である。

出版社から頼まれるような雑誌の仕事だったら、こうはいかない。誰からの依頼でもない、サトル君の作品を撮る旅であり、費用は全部自己負担である。気を使うべきは取材される人、つまり釣り堀の秋元さんだが、「電話で喋った感じだと、秋元さんなら絶対に平気」とサトル君が太鼓判を押す。釣り堀だから、娘がちょろちょろしたり騒いでも乗り切れそうだ。雨の場合でも、釣り堀の脇には小屋がある。ダメな理由が、見つからなかった。

はたして那須高原の秋元さんは、幼児連れの阿部家を快く迎えてくれたのだった。私はといえば、撮影の邪魔にならないよう、娘を連れて釣り堀の周りを歩いたり、石を集めたり、草花を摘んでおままごとをしながら遠巻きに撮影を見守った。サトル君はまず、奥さん手作りの弁当を小屋の中で撮った。

4×5のカメラを組み立てるところから始め、弁当箱と箸の向きをサトル君自身で動かしながら撮影するため、二時間近く時間をかけての撮影だ。

続いて、弁当を食べる場面のスナップ写真。これは、本人の食べるペースに合わせて、手持ちの6×6のカメラで撮る。最後に、釣り堀を背景に秋元さんのポートレートを撮った。

この日の私は気楽である。撮影するサトル君、初めて会うひょうきんな秋元さんの様子を、ちょっと離れたところから眺めて楽しんでいた。娘はごきげんで、きゃあきゃあ言いながら、山間の自然に囲まれた釣り堀の周りを走り回る。

撮影を終え、お茶をご馳走になっている時「お弁当の撮影なんて、面白いよな」と言って、くくっと秋元さんが笑った。お弁当のキーワードで、秋元さんの引き出しが次々と開いていく。

「おじさんの子どもン頃、弁当に納豆持ってくる子がいっぱいいてね、男子はさ、糸引かせて女の子の顔にくっつけて遊んだの。悪いよねえ」

納豆のついた箸を振り回す真似をしながら、秋元さんが笑う。

「おじさんは兄弟が多くってさ、子どもン頃は食べてくんだって大変だったからさ」

おじさん、と自分を呼ぶ秋元さんだが、顔つきは少年のようになっていた。

以前、秋元さん世代の人が「中身を見られるのが恥ずかしいから、弁当を隠して食べた」と話すのを聞いたことがあって、その時代の弁当の思い出を聞くのはどこか申し訳なさが付きまとい、私は質問を遠慮していた。古傷に触れられるのは嫌だろう、と勝手に自分自身と重ね合わせる気持ちも働いた。兄弟が多くて食べるのが大変だったなら、子どもの頃の弁当は貧相だったに違いない。

ところが、秋元さんは楽しそうだった。食べ物が豊富になかったことも、当時の親にとっては苦労であっても、子どもにとってはないなりの工夫とかいたずらとか遊びとか、いろいろな出来事に紛れて、楽しいこととして記憶されているようだった。

カエルをほっぺたにつけると、ひやーんと冷たくて気持ちよかったこと。そのカエルを串に刺して囲炉裏で焼いて食べる時、自分が遊んだカエルじゃヤダと言って、駄々をこねて泣いたこと。秋元さんの話は面白くて、もっといろいろ聞きたかったのに、歩き回る娘を追いかけて途中途中で席をはずし、聞き役はサトル君に任せるしかなかった。

その日の帰り道、秋元さんのことを考えながら、弁当の中身がどうだったかという話だけじゃないんだな、と思った。弁当のレシピじゃない。作り方じゃない。弁当の入り口を一歩入ると、その先には無限大に世界が広がっている。そもそも、私が興味があるのは人だ。弁当そのものよりも、人。今日だったら、秋元さんをもっと知りたかった。話を聴きたかった。ああ、残念、残念。消化不良。

物足りなさが胸に残った。だからこそ、次は出しゃばってでも話を聴こう、と心に決めた。

✣

福島県会津若松市にある末廣酒造に行った時には、ノートとペンを握りしめて臨んだ。この先、自分が何をどう書けばよいのかはわからなかったので、とにかく聞いたことをメモすることを自分に言い聞かせて、サトル君のセッティングした取材にくっついて行った。当然、一歳の娘同伴だ。

朝暗いうちに家を出て、まだ雪の残る東北自動車道を走る間、チャイルドシートの娘と私は爆睡状態だった。なにせ、一歳を過ぎても夜中に三回は起こされる。車の移動は、この時期貴重な睡眠時間になった。

「さあ着いたよ」の声で目をこじ開け、寝起きの悪い娘のひと泣きに付き合い、機材と娘を抱えて末廣酒造さんを訪ねて行くと、「あら、まあ」と奥さんが目を丸くして迎えてくれた。そりゃあそうだ。先方からしてみれば、弁当の撮影をお願いされたと思ったら、妻と娘までくっついてきたのだ。急に申し訳なくなって、ぺこぺこ頭を下げながら案内された来客用のソファーに浅く腰を下ろす。娘を膝に座らせると、事務仕事をしている女性社員の机がすぐ近くにあって、にっこり微笑んでくれた。脇には大きなストーブがあり、赤い炎が見える。

こりゃあ、困ったぞ、と現実を目の当たりにして突然焦った。ここは釣り堀とは違う。事務所の中である。娘を勝手に歩かせるわけにはいかない。騒ぐなんぞ、もってのほか。目の前のストーブは要注意。事務所の中は暖かいが、扉を一歩出れば酒蔵とあって建物全体がしんしんと冷えている。つまりここを出れば、すぐに凍える。ああ困った。どうやって、今日一日を過ごそうか。

サトル君が末廣酒造に来るのは二度目だった。前に旅雑誌の取材で会津若松をまわった時に老舗の末廣酒造を訪ね、東京に戻ってから、例の「弁当ノート」に有力候補として名前を挙げておいたのだ。前回窓口になってくれたのが、営業の鈴木昭一さんである。

私が想像するに、「弁当の写真を撮らせてもらいたいんです」とサトル君が鈴木さんに電話でお願いをすると、「いいよー、みんな弁当だよー」とふたつ返事で引き受けてくれたんじゃないだろうか。私たちが訪ねた時も、鈴木さんは「弁当撮るなんて、珍しいよねえ。でも、いいと思うよ」と面白がってくれた。「俺もそうだし、みんな弁当。誰撮ってもいいよー」という具合だ。

もちろんまだ、全日空の機内誌『翼の王国』での連載は始まっていない。この時は、「写真展と写真集で発表するつもりです」と伝えてあった。写真展と写真集のメドさえ立っていないので、夢を語るばかりである。

言われた方も、弁当の撮影がどんなものなのか、想像もつかなかったはずだ。よくわからないから断るか、まあいいか、と受けてくれるか、窓口になる人次第でもあった。

面白がってもらえるかが一番重要な点で、そんな面倒くさいこと引き受けたくない、と思われれば、そこで終わりである。なにせ弁当だし、雑誌などの媒体が絡んでいるわけでもなく、取材を受ければ会社の宣伝になるという状況にない。それでも引き受けてくれるというのは、よっぽどだ。

鈴木さんの他に、事務の女性ふたりの弁当も撮影させてもらうことになった。杜氏《とうじ》の方々は、弁当ではなかったようで、残念ながら撮影には至らなかった。三人の弁当を一日で撮る、というのは、今考えてもかなり無理をした欲張った撮影だ。

なにせ、4×5カメラを組み立て、ピントを合わせながら上から俯瞰で撮るのに時間がかかる。鈴木さんを始め酒蔵の皆さんは、撮影が始まってから、しまった、と思ったかもしれない。手持ちのカメラでパシャリと撮られておしまいかと思いきや、カメラマンは何時間も弁当とにらめっこしている。緊迫感の中での撮影は、我が弁当が大舞台に立たされたみたいな状況だ。

サトル君が、体の芯まで凍えながら蔵で弁当を撮っている間、事務所のソファーでは鈴木さんのインタビューが始まった。事前に、話を聴かせて下さいと伝えていたので、鈴木さんもわざわざ時間をとって下さった。まだＩＣレコーダーを持っていなかった私は、聞き漏らすまいと体を前のめりにペンを走らせる。鈴木さんがまた、面白い人なのだ。

「俺は、料理しない。妻にお任せよ」

そう言って私の反応を見るや、ニヤッと笑ってこう続けるのだ。

「でもね、外に出るとするよ。外っていったら、俺の出番だ。浜辺で寿司を握るんだ。クッキーも焼く。普通焼きそばなんだよな。焼き肉なんだ。海や河原でやるっていったらさ。でも俺は、市場で魚を買って来て、海辺で豪快に魚を捌《さば》いて、寿司を握るわけよ」

そうきましたか、とこっちも膝を打つ。リズムよく話が進むから、ぐいぐいと引き込まれる。ソファーのヨウが、もごもご動きながら不穏な気配を漂わせても、私は聴きたい。もっともっと、このまま聴き続けたい。ヨウが、ひえっと声を上げ始める。ちょっかいを出してくる。もうちょっと、黙ってて欲しい。母さんを放っておいて欲しい。いや、もう無理か……。

「ちょっと、失礼します」と言うと、私は目隠し用にストールを一枚上半身にかけて、そのまま左胸に娘を押し付けてしまった。口封じには、これが一番。授乳である。

一瞬ひるみ、目が泳いだ鈴木さんであったが、気にしてないよ、大丈夫大丈夫という眼差しを向けながら、そのまま話を続けてくれた。ヨウを抱いて授乳しながら、ノートを開いてメモもとる。

なぜなら、絶対に言葉を取り逃がしたくなかったからだ。何としてでも、鈴木さんの今日の言葉を記録しなくちゃいけない。

作戦通り娘はそのまま眠り、鈴木さんとの時間を中断せずに心置きなく話が聴けた。その日は事務員の女性一人にも話を聴き、それが限界だった。

撮影が終わるまで、末廣酒造が経営している蔵のカフェに場所を移して、ヨウとお絵かきをしたりお喋りしながら過ごして乗り切った。一日終わってみれば、騒ぐことも大泣きすることもなく娘は頑張ってくれた。私にとっても、気苦労はあったが満足のいく一日だった。

その後も取材に同行するうちに、文章の形態はさておき、今私のやるべきことは撮影の合間にインタビューをすることだ、と気持ちが固まっていった。その頃になると、弁当の取材はどんな方向へも話が展開していく面白さがある、と気付いた。

サトル君はといえば、ご飯の米粒の感じがいいな、とか、玉子焼きがうまそうだ、とか、弁当の中身を目で捉えて、まるで対話をするように撮影している。あの弁当愛にはかなわない。弁当の写真とポートレートの組み合わせだけで、十分にその世界感は伝わる。

だから私は、弁当から自由になれた。おかずの話よりも、趣味の園芸の話に脱線していってもいいんじゃない？ と思えた。誰に文句を言われるわけじゃない。私は私の興味のあることを聴いて文章にまとめよう、と思うようになった。

そうと決まれば、態勢を整える必要がある。撮影している間は、私が娘と過ごす。そのかわり、私がインタビューをする間は、サトル君がヨウの相手をする。泣こうと駄々をこねようと、その場を離れて私の姿が見えないところへ連れていって対処すること。それだけは、譲れない。

撮影と同時進行でインタビューをできない、というのは効率が悪いし、こちらの都合を相手に押し付けることになるので、いつも取材相手には申し訳なくてたまらなかった。それでも、「いいの、いいの」とおおらかに受け止めてくれる人たちに甘え、救われてきた。

✣

弁当の人探しは、取材においての要である。サトル君にだけ任せているわけにはいかないから、私も苦手な電話を使って人探しに参入するようになった。

日本中に手作り弁当を食べている人は、相当数いるはずだけれど、どこに誰がいるのかは皆目わからない。会ったことのない運命の人へ、ラブコールを送る手段が電話である。ラブコールなので、自分が興味のある土地、職種、会社をまず選ぶ。自腹で行くわけだから、遠慮もいらない。鳥取砂丘へ行きたいと思えば、そこで探せばいいのだ。

鳥取砂丘で働く人って、どんな人？　調べるうちに、観光用の馬車があることを知る。馬車というからには、馬を飼っているはずだ。馬の世話をするのはどんな人だろう。やっぱり馬好きだよな。馬が好きでその仕事を選んだのだろうか。弁当持ってきてたらいいな。妄想を膨らませて、勝手に頭のなかでできあがった「弁当の人」にアタックする。

鳥取砂丘については、立花夏希さんという、私の想像を超えた超馬好きの意志の強い女性に出会うことができたのだけれど、いつもそんなふうにはいかない。

見ず知らずの相手にこちらの趣旨を伝えるというのは、何年経っても難しいものだが、やり始めの頃は本当に悲惨だった。

こちらの会社に勤めている人で、手作り弁当の人はいますか？　というのを聞き出す電話である。そもそも、最初にどう切り出せばよいのか、そこが課題である。

「阿部と申しますが」と名乗ったあとが、続かなかった。

「実は、私の夫がカメラマンでお弁当の写真を撮っておりまして……」なんてことをもごもご言い始めると、相手が困っているのが息遣いで伝わってくる。

「で、手作りの弁当を食べている人を探しているんですけれども。……あの、手作りというのは、コンビニなどで買う弁当とは違うという意味でして……」喋りながら私の方がすでに、こりゃダメだ、伝わってないと思うのだからうまくいくはずがない。

相手は会社だ。バス会社、遊園地、家具屋の担当者が想定する電話内容と、あまりに違う電話がかかってくるのである。どこの誰かわからない阿部さんって人が、夫がカメラマンで、弁当がどうのこうので、と説明を始めるのだ。すんなり耳に入らないのも当然だ。しかもしょっぱなから、夫がカメラマン？　この女は一体何なのだ？　と引っかかって、先へ進めないではないか。

「○○新聞の記者をしております、阿部です」なんて電話ができたら、どんなに話が早いだろうと思った。名乗れる企業名が自分にもあって、しかも皆がその名を知っていたらスムーズである。

しかし、私には何もない。

サトル君は、ライターを名乗れと言った。

「フリーライターなんて、自称だよ。いいんだよ、それで。自分がライターだって名乗れば、その日からライターなんだよ」

そう言われても、抵抗があった。文章を書いて、まだどこからもお金を貰っていない。

しかし、肝心な要件が相手に伝わらずに空回りが続くうちに、「夫の作品のために」という姿勢で、人に物事を頼むこと自体が間違っていると気づいた。自分は、文章を書くライターとして、「取材をお願いします」と言わないといけない。そういう姿勢でなければ、人に伝わるはずもない。これは、私の作品でもあるんだ。

椅子に正座して、受話器を握りしめ、「私の作品でもある」と、自分に言い聞かせるのだった。

「ライターの阿部と申します。取材のお願いで、お電話をさしあげているのですが……」

詐欺師みたい、と一瞬胸がちくりと痛む。いやいや、なりきることが大事なんだ、と言い聞かせて自分を奮い立たせる。自称ライターは、気が小さいと難しい。

電話の向こうに、弁当の人がいることがわかって手ごたえがあっても、取材を受けてもらえるかはわからない。やはり、どこの馬の骨ともわからないフリーのライターとカメラマンである。しかも、弁当である。人に見せるなんてもってのほか、と皆が考える弁当をわざわざ撮影したい、というお願いだ。その上、「いつか写真展と写真集で発表したいと思っています」という夢物語を聞かされても、いや、待てよ、と相手は思うだろう。それに協力する意味はあるんだろうか、と。

今でこそ、夫は「弁当の阿部さん」みたいに認識されるようになった。写真展と写真集での発表を目標に撮り始めた弁当の作品は、二〇〇七年から全日空機内誌『翼の王国』で私の文章とともに

「おべんとうの時間」という連載になった。一三年経った今も継続中で、書籍にまとめた『おべんとうの時間』シリーズも第四巻まで刊行されている。NHKのテレビ番組『サラメシ』を観た人から、「サラメシの阿部さん」と夫は声をかけられることもある。

しかし、あの当時は違う。私たちは怪しい者ではありません、騙したりしません、ということを、誠意を持って相手に伝えなくてはいけなかった。

結婚した翌年、一九九九年に彼は新宿のペンタックスフォーラムで写真展を開き、その時の作品がカメラ雑誌に掲載された。友達のポートレート写真を彼らの部屋で一九八九年と九九年に撮った二枚組の作品だ。一〇年の月日を経て並んだ二枚の写真は「四角い宇宙」というタイトルだった。雑誌に掲載されたモノクロ作品を数点コピーして、手紙を添えて郵送で送った。「弁当の写真は、この作品に続く、阿部がどうしても写真展で発表したいものです」と、手紙にしたためた。「いつか書籍にする時のために、インタビューもお願いします」ライターの私の名前で手紙を書き、祈るような気持ちで投函した。

今思い返すと、よくぞ取材を引き受けてくれたなあ、という感慨ばかりだ。いつ、どんな形で作品が発表されるかわからない私たちに付き合ってくれた人たちがいた。日本全国の皆さんが、「取材においで」と快く引き受けてくれた。それが奇跡に思える。

電話のかけかたひとつとっても手探りだったように、取材のやりかただって同じだ。テレビ番組情報誌の編集部でアルバイトをしたことはあっても、結局は番組表の入力だけで文章を書く機会はまわってこなかった。編集プロダクションなどで経験を積むこともなく、正真正銘の自称ライターである。

ただ、今となってはそれが良かったと思っている。もし私が出版社で働いた経験があったなら、子連れで現場に行こうなんて、まず考えなかったと思う。常識を優先して、はなから諦めただろう。取材対象者を見つけてアポをとる手順だって、取材のノウハウだって、誰からも教えてもらっていない。他の人のインタビュー場面さえ見たことがない。だからこそ、私は気が楽だった。お手本がないというのは、こうやらなくちゃいけない、という枠組みがないということだ。

もともと子どもの頃から、好奇心だけは強かった。たとえば学校で講演会のような催しがあったら、必ず質問をしないと気が済まないたちだった。大抵の場合、「何か質問ありますか」と司会者が尋ねても、しーんと皆黙り込んでいる。それが、我慢ならない。何か訊かなきゃ、と思うのだ。講演をしてくれた人に対して、何も反応を返さないことに申しわけなさを感じてしまうのだ。実際、話を聴きながら疑問があれこれ湧き上がってくるから、本人に訊いてみたくてたまらなくなる。

学校の先生が授業中にする脱線話も、ことのほか好きだった。「授業とは関係ないけどさ」という前置きでいきなり始まる自身の恋愛話、旅の話、愚痴、なんでもいい。普段は見せない顔を、時々気前よくさらけ出すような教師が好きだった。授業中眠りこけていても、そういう話になると前のめりで聴いていた。

もともとの気質がそんなだから、人の話を聴くインタビューは向いていた。しかも、正しいやりかたを教え込まれることなく、自分の裁量でやるしかない状況は幸運だった。

私たち夫婦は、すっかり弁当取材に夢中になっていった。取材のお願いの電話を入れ、断られ、また別のところにお願いし、やっとオッケイをもらう。それを繰り返すうちに、作品の点数も二〇、三〇と増えていった。

ところが、周りに言っても「なんで、弁当なんか撮ってるの?」と呆れられるばかりである。普通の人の手作り弁当だと言っているのに、どこそこの駅弁がすごいから撮ったほうがいい、などと市販の弁当の話ばかり教えてくれる。誰も共感してくれないから、ふたりで自画自賛していた。

「俺たちのやってることは、面白いよな」

「うん、最高に面白いよ」

「だって、ひとつとして同じ弁当はないもんね」

「弁当の話だって、みんな違うもんね」

そうして、次の旅の計画を立てるのだった。費用はすべて自分持ちで、旅に出ている間は他の仕事を入れられない。つまり、取材をするほど我が家の経済状況は苦しくなるのだけれど、あり金を全部かき集めてでも、撮影旅に出たくなる魅力があった。

そのうち一か所に行ってトンボ返りするよりも、まとめていくつも取材をしてこよう、と大胆な計画を立てるようになり、家族巡業スタイルになった。北海道巡業、九州巡業、四国巡業……一〇日ほどの日程を組み、あらかじめ各地に人を探しておき、弁当の人のもとを次々と訪ねて行くのである。

✣

娘のヨウが三歳の頃だった。旅先で何が大変といえば、それはもう風呂の時間だった。四国巡業でもやっぱり、風呂で泣いた。大泣きするのだ。アトピー性皮膚炎で体じゅうかゆくてひっかき傷だらけだったヨウは、風呂に入るとお湯がしみるらしく、やだやだ、と泣いて嫌がった。家でもそうなのだから、温泉となると尚さらである。

高知県にある馬路《うまじ》温泉は、清流の安田川沿いに各部屋が配置され、長い渡り廊下で繋がっている、自然を満喫できる温泉宿だった。地図帳を見ていて「馬路村」の地名に目が釘付けになって「行くぞ」と決めた。面白い所に違いない、と想像した通り、山間の小さい集落なのに「ゆず」で村おこしを頑張っているすごい地域だった。

風呂場でまずシャワーを浴びた時点でヨウが泣き出し、落ち着いてから一緒に湯船につかる。柔らかい肌あたりの湯だったが、早々に「もう出る」と言うので、しぶしぶ私も風呂からあがった。体が温まると、今度は脱衣所に座り込んで体中を掻きむしるから、小さな体のあちこちに血がにじむ。

洗面所で髪を乾かしていた女性が、「大変だねえ」と声をかけてくれた。私と同じ三〇代中頃と思われるその人は、ドライヤーをかけ終えると、長い髪をくるっと束ねて頭上にピンで留めた。任侠映画に出てくる親分のおかみさん、みたいな迫力のある美人だった。

「うちにも小さい子がいるからさー。なんか、可哀想になっちゃって。痛々しくって。よく頑張ってるよ、この子。お母さんも大変だよねえ」

初対面とは思えないくだけた口調で、鏡の中の彼女は目に涙を浮かべている。うちの子を見て、泣いている。

「お母さん、頑張ってね」

風呂場を出ていくその人を、私も涙目で見送った。その間も床の上で一心不乱に体を掻いているヨウを見て、やっぱり周りの人は驚くよなあ、と改めて思った。

取材で出会う人たちは、ヨウを見てハッとする。取材に小さな子が来たことも理由のひとつだが、顔も手足もひっかき傷だらけで、どう声をかけてよいのか困ってしまうのだ。

✣

ヨウの肌について書こうとすると、どうしても〝眠り〟にも触れなくてはいけなくなる。彼女は誕生してからずっと、〝眠れない子〟だった。いや、人間だから眠るのだけれど、眠りに抵抗して闘っている幼児だった。

遡ること出産の翌日、群馬に住む母が東京の産院に見舞いに来てくれた時、ヨウは私のベッド横の赤ちゃん用ベッドで眠っていた。頭の先がキューピー人形みたいにとんがっていたのは、出産の時トイレのつまりをとるみたいに、カップ状の吸引器を使って頭を引っ張ったせいだ。あの時は無我夢中だった。

「もしこれで出てこなかったら、帝王切開に切り替えるからね」と医師に宣告され、いち、にのさーん、の掛け声のもと、渾身の力で産み落とした(引っ張り出された)娘だった。

「可愛い顔して、寝てるねえ」

寝息を立てるヨウを見て、母が目を細める。と、その時、びくっと体が震えたと思ったら、か細い両腕が飛び跳ねるみたいに大きく振れ、わーっと泣いた。よしよし、と抱き上げておっぱいをあげると、また眠る。少しするとまた、びくっとなって両腕を上げて万歳である。

私にも覚えがあった。うたたねをしていて、体がガクッとなって飛び起きる、あれだ。母は、真顔でこう言った。

「お前さ、体をタオルケットでぐるぐる巻いてやりなよ。腕が動かないようにしておけば、起きないで寝てるよ、きっと」

たしかにいいアイデアに思えた。でも、なんだかそれも可哀想なのでぐるぐる巻きにはしなかった。生まれて早々、ヨウは驚きっぱなしだった。穏やかに眠っていると思うと、次の瞬間びくっと体を震わせて両腕を振り上げる。勝手に動いた自分の両腕にびっくりして、目が覚めて泣く。お腹の中から出てくるにあたり、彼女のペースもあったろうに、無理やり頭に吸引器をくっつけて引っ張り出したのだから、怖かったのかもしれない。

その後も、敏感な子だった。母乳を飲んだ後布団に置いても、決してそのまま寝てはくれない。横たえた途端に目覚めて泣くので、すぐにまた抱き上げる。四回も五回もそれを繰り返すともうお手上げで、私はよくソファーでお腹の上にヨウをのせたまま眠った。

結局、出産前にレンタルしたベビーベッドはすぐに返却して、大きな敷布団を買った。添い寝が一番、と気づいたからだ。自分が楽である。娘も安心である。びっくりポーズで目覚めても、横に母がいればヨウはすぐにおっぱいを貰える。

首がすわる頃には、私も寝ながらおっぱいをあげる荒技を身に付けて、寝ているのか授乳中なのか寝ぼけてわからないくらいの状態で夜を過ごした。これくらいじゃないと、体がもたない。ヨウは、一歳を過ぎてもまだ、二、三時間おきに目覚めていたからだ。傍らのベッドで眠る父親のいびきでは起きないのに、何かの気配を感じてか、飛び起きる。あのびっくりポーズ健在である。普通の人には見えない何者かが、娘の横を通り過ぎているんじゃないかとさえ思った。その正体をはっきりさせたくて、闇を睨みつけたこともある。でも私には、何も見えないのだった。

一歳半頃、おっぱいを卒業した。この頃、気になっていた肌荒れが悪化してアレルギー検査をすると、食べ物に反応は出なかったがアトピー性皮膚炎だろうと言われる。

アトピーの子どもを持つ親なら皆そうだと思うが、治療に関してはいろいろな考え方があって迷いに迷う。どの親も、子どもに良かれと思ってそのやり方を選ぶ。

我が家では、薬で症状を抑えるよりも、出てくるものはそのまま出すほうがいいんじゃないかと考えた。こんなに小さい子どもの肌から、膿《うみ》のようなものが出てくるには、それなりの理由があるに違いない。医師は、肌がつるつるか、ガサガサかにこだわるけれど、娘の目の下にいつもあるクマのこと、普段から赤い顔をしていて汗をうまくかけないこと、熱がこもっていることは、誰も問題にしてくれない。娘を見れば、肌の問題だけでなく、いまひとつ不健康でバランスが悪いように思えるのだった。

ヨウが思春期を迎える頃、心身ともに健康であればいいな、と思った。鏡を見てため息をつく年ごろまでには、まだ何年もある。だったら、今は薬で抑え込まなくてもいいかな、と思った。

娘の課題は、この時もやっぱり「眠り」だ。ふつう幼児になればころっと眠ってなかなか起きない、というのが定説なのに、我が娘は赤ん坊時代同様に眠りと闘っている。

二歳、三歳になっても、二、三時間おきに目が覚める。それがどんなものかといえば、風呂と夕飯を終え、そろそろ眠くなってくる夜九時頃、じゃあ布団に入ろうね、と娘を寝室に連れて行く。電気を暗くして眠る態勢が整うと、足を持ち上げてボリボリ、腕の関節内側もガリガリ、そのうちスピードを上げて必死に掻き始めるので、私も加勢する。

「あしー」と言われれば足をさする。「せなかー」と泣き始めるから、「はいはい、わかった」と次は背中へ。せっせ、せっせと半分爪を立てて、掻くのを手伝うのである。

ああ、眠っちゃう。ああ、どうしよう。ああ、引きずり込まれちゃう……。歯を食いしばって、抵抗しているみたいに見えるのだ。肌を掻きむしることで何とか心の平穏を保ちながら、眠りに落ちる恐怖に抵抗している。不意にがくっと眠りに落ち、私がさする手をとめるやいなや、体をびくっと震わせて「ぎゃっ」と驚いて起きる。

眠りに失敗すると、また最初からやりなおしだ。本来、眠りとは不意に落ちるものだと思う。特に遊び疲れた幼児などは、ごろり、ごろりと横になるうち、あっけなく眠りの世界に転げ落ちるもんじゃないのか。ヨウに限っては、あり得なかった。

三〇分近く眠りの儀式に付き合い、やっと眠ったと思ったら、夜一一時にまた、もぞもぞと手が動き出し、両足が持ち上がるのが気配で伝わってくる。きたぞ、第2弾。べそをかいて泣く声が聞こえ、「あしー」「せなかー」のリクエストに応えて、さする。

「ちがうー」と怒るので、しっかりと爪を立てて掻いてやる。一五分くらいやるうちに、すーっと寝息が聞こえて第2弾終了。夜中の一時、またもぞもぞ、横で動き出す。うぎっ、と泣き声が聞こえて、こちらも半分寝ぼけながら手を伸ばす。背中、足、腕。「ちがうー」の泣き声で反射的にお腹の上に娘をのせ、両手を使ってガリガリと背中を搔いてやる。

息苦しい悪夢で目が覚め、娘が腹の上にのったままだと気づいて横へそっと移動させる。その一時間後、朝方に次なるもぞもぞの第4弾……という日々だった。

九〇分おきくらいに眠りのサイクルがある、というけれど、それを地でいく毎日である。眠りの質を表す折れ線グラフそのままに、眠りが浅くなるタイミングで娘のもぞもぞも始まった。面白いもので、娘を寝かした瞬間に寝落ちすると、同じリズムで自然と目が覚め、娘とともに第2、第3ラウンドを迎えてもすんなりと対応ができるのだった。たぶん、私たちの睡眠をグラフで表すと、同じ線を描いていたはずだ。

ただ時々、テレビでも観て夜更かしをしたいなあという日だってある。どうせ泣いて起きるんだもの、夜一一時に第2ラウンドが始まったら布団に入って、娘の眠りに合流しよう、と思うのだ。すると、これがどうもうまくいかない。娘と足並みがそろわず、その後起きるのがひどくつらくて、朝を迎える頃には疲れ切ってしまうのだ。つまりは、夜は腹を決めて第1ラウンドから娘に付き合って眠るのが一番ということだった。

大変だね、とよく言われた。実際、体力的にはしんどかった。けれども毎晩娘の隣で眠り、自分の腹の上にのせてまでガリガリ体を搔いて密着していると、味わったことのないぬくもりを感じるのも確かだった。娘の体は、小さくて暖かい。肌は傷だらけで痛々しかったけれど、圧倒的な生命力があった。私には、娘が輝いて見えた。なにより、母である私を必死に求めてくれていた。

ヨウが眠りに落ちるその瞬間まで、私には見届ける必要があった。途中で目覚めてしまったら、次の眠りへと導く使命があった。放っておいたら勝手に寝ている、なんてことは娘に限ってはない。背中、腕、足、小さな体をくまなくさすってやってはじめて、彼女は安心して眠りの世界へ行けた。きっと赤ん坊の頃は、おっぱいを吸うことでその恐怖に耐えていられたのだ。それがなくなって、途方に暮れてしまったに違いない。どうしていいのかわからないから、掻きむしる。そういう姿に見えた。

でも、その考えを皮膚科、小児科の医師に伝える勇気はなかった。

「薬を塗って肌が落ち着けば、夜だってぐっすり眠れますよ」と、医師は言うに違いなかった。「いいえ、ところが夜起きちゃうんです。敏感なんです」と訴えたところで、その先は目に見えている。「かゆいから、起きるだけです。薬を塗れば眠れます」

卵が先か、ニワトリが先か、の世界である。

✣

そんなふうに夜を過ごしながら、音の番人だった頃の自分を思い出した。父の眠りに支配されていたあの頃、父のいびきが聞こえてくるまで、息をつめるようにして耐えていた。もし、物音で父が目覚めるような事態になると、心臓が跳ね上がった。野生動物のように、自分の部屋の下にいる父親の動向を窺う子ども時代、早く寝ろ、ずっと寝てろ、と呪うように心の中で繰り返していた。

今度は、娘の眠りを見届ける役回りになっていた。なんてこった、と思ったが、父と娘は違うと断言できた。父に関しては、やるせなさや怒りしかなかったけれど、娘の眠りに付き合うことは、実は喜びでもあった。

朝を迎えると、私の手のひらはいつも血と膿がこびりついて茶色く干からびていた。かゆいのは我慢できないんだもの、どんどん掻いていいんだよ、お母さんも、じゃんじゃん掻いちゃうからね、と言って、ヨウの荒れた肌から滲み出る血も膿も、とにかく出るもんは全部出てこいとばかりに手のひらで受け止めた。毎晩肌に触れ、抱きしめ、半分眠りこけて自分の体と娘の体の区別ももはやつかない状態になるなか、私自身から湧き上がってくるものもあった。それは、静かにゆっくりと喉元に押し寄せてくる。

私自身が、抱きしめられているのかと思うのだ。ああ、よく耐えたよね、頑張ったよね、えらかったよね、つらかったよね。よしよし、と抱きしめているのは、子どもの頃の私だ。

ヨウを抱きしめながら、私自身を抱きしめていた。ナーチ、本当によく頑張ったよ、褒めてあげるよ。肝っ玉母ちゃんになった私が「ひとりもふたりも同じこと」というおおらかさで、ヨウの体温を感じながら幼いナーチも抱きしめる。大人になるっていいな、と思った。欲しかったものを、私が私にあげられるんだもの。

涙がこぼれるのも、心地よかった。毒を洗い出すような涙だ。体の奥から流れる涙は、やけに熱を持っていた。

べたつく茶色い手で目をこすりそうになって、いけない、いけない、とティッシュに手を伸ばす。

私の体にはりつくようにして寝ている娘の顔を見ると、途端に私も眠くなるのだった。

四国巡業、北海道巡業、九州巡業……。半年に一度くらいのペースで家族三人の旅が続いた。旅の間、アトピーの娘をサトル君の実家か私の実家で預かってもらおうという考えはまったくなかった。夜二時間おきに起きて娘に付き合えるのは、私をおいて他にはいない。こんなこと、できないでしょう？　両方の母親に対する反発心が、私にはあった。

✣

「お嬢ちゃん、いくつ？」

飛行機の中で、旅館で、取材先で、いろんな人がヨウに声をかけてくれた。娘はというと、ニコニコするでもなく、くまのぬいぐるみのシャーリーを抱きながら口をぎゅっと結んで黙っている。それはちょうど、奈良美智《よしとも》が描く不機嫌な女の子の顔にそっくりで、ついつい「三歳なんですよー」と、私が先に答えてしまう。

「お父さんお母さんと一緒に旅行ができて、いいよね」

娘の口からひと声出るのを期待して、なおも腰をかがめて娘に話しかける人々にむけて、「ええ、まあ。仕事に連れまわしてるだけなんですけど」またもや私が答えてしまって、いけない、いけない、と慌ててしまうのだった。

ヨウはといえば、表情を変えずに固まっている。恥ずかしそうにえへへと笑うくらいだったら可愛げもあるのだが、スイッチオフである。さっきまで笑ってぴょんぴょん飛び跳ねていたのに、一瞬にして蠟人形状態だ。

極度の人見知りなのだった。そうでなくとも知らない人と喋るのが苦手なのに、あっちにこっちに連れまわされて、ヨウにとっては緊張の連続だ。

もう少し愛想が良ければ、と内心思っていた。本当は無邪気でひょうきんな娘なのに。あの笑顔を、ちょっとでもよその人に見せたいのに。

しかし、取材先に行けば、こわばった顔でただじっと押し黙っている。相手も、「あ、お嬢ちゃんも一緒に来たんだね」「いくつかな?」と、最初は話しかけるのだが、話が弾まないとなると、早々に諦める。そうして私は、すぐに自分のペースで取材相手との会話を始めるのだった。

「ねえ、ねえ、おかーさん」

「…………」

「おかーさん、アリがいるよ」

「……」

あれ? 返事がない、と思ってヨウが顔を上げて私を見るのがわかる。

母親が、取材先の人と話していることに気づいた娘は、そこでハッとする。もうこれ以上喋りかけても無駄だと気づいて、口をつぐむ。私の洋服の裾を握りしめたまま、時々私を見上げるが、まだ終わらない、と諦めてそのまま静かに立っている。

ヨウは辛抱強かった。「おしっこー」の一言さえ遠慮して言わず、もじもじしているもんだから、「トイレの時には、声をかけていいんだよ」と言うと、「うん」と大きく返事をして、それからは裾を引っ張って教えてくれるようになった。

親の姿を見ているうちに、何となく自分の役割を感じ取ったのだろうと思う。いや、もともとがそういう気質の娘だった。そのことを、サトル君も私も深く考えずにいたのだが、その後姪っ子と過ごして気づいたのだった。

当時四歳だった姪っ子は、私たちが家を訪れた日、ぴったりと傍らにはりついて離れなかった。「ふうちゃんね、ゆうくんとお友達だよ」「ふうちゃんね、パンダが好きなの」「ふうちゃんね、プリキュア持ってるよ」「ふうちゃん、色は赤が好き」

思いついたこと、昨日やったこと、一か月前の出来事、あれもこれも頭に浮かんだままに言葉を発し、あれを持ってきては見せ、このノートを開いてとねだり、そのたびにおじちゃんとおばちゃんは、「わあ、いいねえ」と大げさに驚いてみせるのだった。

ふうちゃんね、ふうちゃんね、は、何かを食べる時以外続いた。その舌ったらずな可愛いお喋りを聞いているのは伯母としては楽しいのだけれど、大人同士の会話はほとんど進まない。ふうちゃんの話題以外になると、ふうちゃんはむくれる。いつも自分を見ていて欲しいし、かまって欲しい。

赤ん坊や幼児がいれば、その日の話題はすべてその子に持っていかれるというのはお決まりだ。ついついみんなの視線は、そっちへ向かう。親戚同士の集まりは、それでいいのだ。

帰り道、どちらともなく「取材には、連れていけないね」と言い合った。姪っ子を見ながら、ヨウがその年頃だった時を、サトル君も私も思い返していた。

取材で人を訪ねる場合、私たちは黒子だ。カメラマンもライターも黒子である以上、ヨウもそうでなくてはいけない。初めて会う取材相手には、限られた時間の中で自分自身のことを精一杯話してもらいたい。主役は、あなた。どんなことでも知りたいから、会話のひとことも聞き漏らしたくない。受け取った言葉を、次の質問に繋げたい。そこに、取材する側の自己アピールなど入る余地はないし、あっては邪魔なだけである。ましてや、幼児に話題を持っていかれたら収拾がつかなくなる。インタビュー中、ついつい子どもに目がいって「無邪気でいいねえ」なんてふうに会話があらぬ方向に行ってしまったら、話が深まっていかないではないか。

ヨウは、その点を心得た子どもだった。私でさえ、娘がそこにいることを忘れてしまうほど、黒子に徹してしまうのだ。とりつくしまもない固まった表情に、初対面の人はちょっかいを出しづらい。幼子に気持ちを持っていかれることなく、取材される者とインタビューする側の関係が出来上がり、私は話に集中することができるのだった。

インタビュー中はサトル君がヨウを見ている約束ではあったが、挨拶の後にそのまま会話が弾んだり、写真撮影の合間に意外な話が飛び出したり、現場はいつだって気が抜けない。職場にお邪魔している以上、限られた時間で少しでも本人から話が聞きたい。

ヨウは、私の斜め横に張り付いていることに飽きると、そろり、そろり、と近場に移動して小石を並べて遊び始めた。アリを観察していることもあった。くまのシャーリーと、そのお友達をリュックから引っ張り出して、おままごとに夢中になることもあった。よく見ると、お人形たちが輪になってお茶会をしているのだった。

活発な男の子のように、目を離した隙にどこかへ走って行ってしまうようなこともない。必ず目の届くところで、彼女なりに楽しみを見つけていた。たいがい、彼女の人見知りが解けて自然な声と笑顔が出てくる頃には、夕方のお別れが待っていて、取材相手とようやく笑顔でバイバイできるという具合だったが、それくらいが丁度良かった。

娘のこの気質あっての、子連れ取材だった。彼女でなければ、到底無理な旅だった。

そのことを、ヨウがすっかり成長してから気づいた私である。

旅で心掛けていたことがある。夜中に何度も起きてしまう寝不足の娘のため、宿をとる時に少しばかりの工夫をした。普通なら、取材地に近いところに宿をとるものだが、朝ドライブしている間に娘が眠れるよう、一時間くらい車で走る場所にわざわざ宿をとった。取材を終えて次なる目的地へ向かう間も、絶好の睡眠時間だ。私たちの旅巡業はヨウの睡眠ありきで、地図を見ながら宿泊地を決め移動した。ヨウが眠れば、私も眠る。睡眠に関しては同じグラフを描ける母娘だったから、娘がチャイルドシートで眠った瞬間に私のスイッチもオフになるのだった。

運転席の夫の顔をミラー越しに見ると、あちらもまた相当瞼が重い。とろんとした目で、危なっかしい。

「ねえ、寝ないでよね」

「だって、急に眠くなっちゃったよ」

「サトル君は、夜ちゃんと寝てるでしょうが。今は私の番」

「だって、眠くなっちゃったよ。後ろから喋りかけてくれよー」

同じ食事をとり、取材現場を経験し、同じ頃に眠くなる。家族三人で旅を共有していた。私たち三人は、かなりいいチームだった。

家族なんてくそくらえ、と思春期の私は思い、家族で行動することを何よりの恐怖だと思っていたのに、気づけばこうして家族巡業である。

✣

ヨウが生まれるまで、旅先で枕が変わると眠れなかった私が、気づけば日本全国どこに泊まってもお構いなしに眠れるようになっていた。娘のおかげである。あの、睡眠荒療治あっての今である。娘が眠りについた瞬間、「よし、今だ」と自分のスイッチをオフにした日々が、私を鍛えてくれた。もう、夜に未練はない。

眠りと闘っていた娘も、不思議なもので小学校に上がる頃にはバッタンキューと勝手にひとりで眠る子になってくれた。夜、起きなくなったら、途端に肌が落ち着いた。肌を掻きむしる必要もなくなり、血だらけだった肌がやがてつるつるになった。そのうちに、汗をしっかりかける代謝のいい体になったようで、目の下のクマもなくなっていた。

大変と思うことも、喉元すぎればなんとやらで、すっかり忘れてしまう。ただ、娘の背中の肌触りや体のぬくもりは、今でもふとした時によみがえる。それは、甘くて幸せな記憶だ。

父の弁当

日曜日の夜、『サザエさん』のエンディングが流れはじめると、我が家の電話が鳴る。あ、きた、と思う。父だ。マサユキさんからの電話だ。『サザエさん』が終わって七時のＮＨＫニュースが始まってもまだ電話が鳴らないと、今度は落ち着かない気分になってくる。そんな日は、主な報道が終わってスポーツの話題や天気予報に切り替わるタイミングで、やっぱり電話が鳴った。

「きたきた、おじいちゃんだ」

待ってました、とばかりにヨウが受話器に飛びつくのだった。

私は、一九歳の春に群馬の家を出た。最初の二年間は大学の女子寮で生活をし、その後二年間は木造アパートで一人暮らしである。家庭教師と寿司屋でアルバイトをして、生活費の足しにした。大学卒業後は、希望していたマスコミ系にはことごとく振られ、ようやく内定をもらった結婚情報サービスの会社に就職。仕事にも慣れてくると、週二日の休みをやりくりしては「レディオ湘南」のスタジオに通った。レディオ湘南は、神奈川県藤沢市のＦＭラジオ局で、地方のＦＭ局があちこちで開局していた当時のはしりでもある。埼玉県内のワンルームに住んでいたのに、休日のたびに都内を通り越して湘南まで通い、番組作りに参加していた。ボランティアスタッフながら、帯番組のパーソナリティも任されて、なかなか刺激的な毎日だった。

つまり一九歳からの私は、変化の中を泳いできた。暮らす場所、所属する先、時間軸、あらゆるものが変化しながら、またべつのところへ向かっていくような毎日だった。自分のやりたいことをやる生活。自分の時間は、自分で決める。夜帰りが遅くなろうと、誰にも気兼ねをしなくていい。やっと自由を獲得したつもりだった。

ところが、電話がかかってくる。日曜の夜、『サザエさん』前後の時間。夜六時から七時半のどこかで、父からの電話がくる。携帯電話がない時代に、鳴るのは一人暮らしの自室にある固定電話である。

「おお、直美か」

機嫌が良い時の父は、甘えたような声を出した。日曜日は早めに飲み始めるので、この時間すでに酔っぱらっている。父自身、私の生活について知りたいとか、何かを共有したいとか、そういうのはない。ただ声を聞きたいだけだ。いや、むしろ自分の喋りたいことを聞いて欲しいだけである。

「ばあさんがなー、俺が買ってきたパンを横取りして、さっきから、むしゃむしゃ食べてるんだけどなー」

父は、自分ではパンを口にしない。母に食べて欲しくて買ってくるのだが、それを私に報告したい。ばあさん、ばあさん、と母を呼びながら、父なりに愛情を示しているのだった。暴言を吐くのは、気質として出てしまう発作のようなもので、父自身には悪意がない。基本的に、父は母の話をしたくてたまらないのだった。

私の暮らし方がどんなに変化しようとも、父自身は変わらなかった。私が小学生の時も、中学生になっても、アメリカから帰ってきた後も、朝起きればまず、母が前の晩枕元に用意した二杯の水を飲み、寝床で新聞の朝刊を広げる。その日に着る洋服も、前の晩から枕元に置いてある。着替えて自室を出てからは、ほんの一〇分で事を進める。水で顔を洗い、歯を磨いて朝ごはんを食べるのだが、いくら納豆に入っている青のりが歯にくっつこうと、食後に磨くことはしない。歯磨きとは食前にやるものだ。「ごちそうさま」と同時に立ち上がって腕時計をはめたら、洗面所やトイレに立ち寄ることもしない。車のキーを持ったらまっすぐ玄関へ向かい、すぐさま発車だ。

午後六時前後に帰宅。飲みに行くこともなし。外で誰かと会うこともない。風呂の後、まずはテレビのチャンネルをＴＢＳに合わせ、ウィスキーのレッドの水割り(冬はお湯割り)を飲みながら、マグロの刺身と冷ややっこ(冬は湯豆腐)をつつき、蕎麦でしめ、午後九時に自室に行く。これを毎日繰り返した。

寝間着に着ていた浴衣がパジャマに変わったり、父の部屋にもテレビが置かれたり、シメの蕎麦がおにぎり一個に変わったり、という変化はあった。でも、枠組みは変わらない。この繰り返しこそが、父にとっての生きる、であり、私が一九歳で家を離れてからもそれが続いたはずだった。

日曜日の夜、いつだって父は私に電話をかける気満々なのだった。本人のなかで決め事に組み込んだ以上、父はそれをやる。夕飯のマグロと同じである。

だから、娘が電話に出ないことが我慢ならない。日曜日の夜は、娘と喋ると決めているのに、あいつは一体どこで何をしてやがる？　夜、外出先から帰ると、私の家の留守番電話のメッセージランプがいつも点滅していた。

無言。無言。「一体、何時だと思ってるんだ」かみ殺したような怒りの声。そして怒鳴り声。追い打ちをかけて母の嘆き。

「ああ、直美はいつだって電話に出ない。はー。やだよ、ほんとうに。お父さんが今、酒を飲んでます……荒れ狂ってます」

娘を管理しようとか、支配下に置きたいとか、そういう独占欲とは種類が違ったのだと思う。とても単純なことで、『サザエさん』を見終わる頃、さて、直美はどうしてるかな、と思うのだろう。

私とて、予防線を張る。予定が詰まっている時には、前もって電話をかけて忙しいことをアピールしておく。ただ、父にとってはあくまで自分のタイミングで電話をかけたいわけで、不意にかかってくる電話は好ましくない。電話はコミュニケーションをとり合うものではなく、俺が喋りたいことをお前は機嫌よく聞いてろ、というものだ。

結婚すると、状況が変わった。父はあっさりと私を手放した。嫁にやった、ということは直美がサトル君のものになった、ということらしかった。日曜日の電話は控えめながら続いたものの、電話に出られなくても父はキレなくなり、私は私で、サトル君がかわりに電話に出てくれると思うと、気持ちが楽になった。

その後、ヨウが誕生した頃から、電話問題でようやく父との間に折り合いがつくようになる。私の暮らしの時間軸が定まったのだ。つまり、生活が規則正しくなった。夜出かけることもない。保育園にヨウを預けて文章を書くようになると、日曜日の夜は確実に家にいる。『サザエさん』を観ながら、夕飯の支度である。赤ん坊だったヨウに受話器を持たせて、「あー」とか「うー」とか言わせると、じいじは喜んだ。

またもや、毎週日曜日にきっちり電話がくるようになったものの、こちらも家でいつもの生活をしているからどのようにも対応ができる。孫と喋りたいマサユキさんのため、すぐに受話器をヨウに手渡すようになった。そのうち、「あ、おじいちゃんだ」とヨウが自分で電話を心待ちにするようになると、私の役目は娘に引き継がれたかたちとなる。

「はい、じいちゃんです。日曜日の定期便ですよー」

マサユキさんはふざけた口調でかけてきて、ヨウも心得たもので同じ声色で返し、日曜日の定期便は、孫とじいじの和やかな時間へと変貌を遂げていった。たまに私が受話器をとると、「あ、ママが出たあ」と甘えた声で言われるから、さすがにひく。あのギンギンに怒鳴っていた父に、ママと呼ばれる日がくるとは。やれやれ、と思いつつも、まあいっかである。複雑だった父への思いが、少しずつどうでもよくなっていき、そうなると自分自身が楽になった。

電話ごときに、ここまで振り回されてきたなんて、他人には理解できないだろうと思う。そう、私は振り回されてきた。支配されてきた。ある時には、恐怖そのものだった。支配は心を縛るものだから、物理的に離れていようとも決して離れられないという絶望感でがんじがらめになる。父はある時期、そういう存在だった。そして私は、親友にさえ打ち明けたりしなかった。

「毎週、同じ時間に父が電話をかけてくるの。それが、しんどくって」と告白したところで、「一人娘だもん、かわいいんじゃないの?」と、かわされるのがオチである。もし「言いたいこと、わかるよ」なんて気軽に同調されたら、なおさら耐えられない気がした。わかるはずないじゃん、と反発しつつ、身悶えするくらいにわかって欲しかった。

我が家の場合、家族について誰かに伝えようと思ったら、父と母の日常の細部までしつこいくらい言葉にして積み上げていかなければ、たぶん本質まで届かない。子どもの頃の私は、そんな術《すべ》は持ち合わせていなかった。言葉を持っていなかった。だから、ひたすら両親を観察することで生きてきた。

✣

母についても、電話問題が勃発した。

携帯電話が世の中に出回るなか、あまり乗り気ではなかった私もヨウの妊娠をきっかけに契約をした。そのうちに母も携帯電話を持つようになり「家族だと通話が無料になるシステムがあるらしいよ」とのことで、言われるがままに母を家族登録した。今もその登録が生きているのかは不明だが、あの日以来、母の中では「電話をいくらかけてもタダ」ということになった。

それまで、母にとって電話といえば、「早口」「手短に」がモットーだった。「ほら、お金がかかるんだから、早く切りなさい」と幼少期はいつも言われた。

上京して学生寮で暮らしていた頃、玄関を入ってすぐのところに緑の公衆電話が七、八台並んでいて、パジャマ姿の女子たちが深夜までひそひそ声でお喋りをしていた。あの頃、いくら長電話をしたくても、テレフォンカードの数字を目で追いながらの会話なので、誰もが気がせくのだった。

あっちでもこっちでも、カード終了のピーピー甲高い音が鳴って、名残惜しそうに受話器を置いていた。

母を相手に電話をする時は、ほとんど要件だけを告げていたのだが、「ああ、メモリがあと5しか残ってないよ」と言おうものなら、まかせといて、という感じで母は見事に早口になって最後を締めくくってくれた。それは、私が一人暮らしを始めても変わらず、〝通話料がじゃんじゃん加算されていく感覚〟を、節約家の母は切実に感じていたようで、電話は手短に、を貫いていた。もともとが、心を打ち明けあうような密接な母娘ではない。いつだって、あっさりした会話である。

ところが、通話無料の携帯電話を手に入れた途端、母がお喋りになった。通話時間、頻度の壁が、一気に取っ払われたのだ。

それはちょうど、父の勢いが落ちてきた頃と重なる。三〇代、四〇代、エネルギーを持てあましていた父の勢いが、五〇代も後半になると衰えてきたのか、キレることが減っていた。六〇代になると、『サザエさん』の時間にかかってくる「電話の定期便」のご機嫌ぶりである。孫かわいさにデレデレしているじいじの顔を見る限り、父は気味悪いくらい丸くなったように見えた。思う存分吸っていたタバコだって、孫の誕生をきっかけに、からっ風の吹きつける真冬に、ひとり縁側に座ってくゆらせるようになった。

父の怒りの熱量が落ちていく折れ線グラフとちょうど交わるようにして、今度は母の勢いがぐんぐんと上昇していった。

「だって、悔しいんだよ」と、母は吐き捨てるように言った。

「だってあたしは、嫌な思いばっかしてきたんだ。怒鳴られてきたんだ。悔しいったらないんだよ。これからは、あたしの好きなことをするって決めたんだ」

好きなことをするのは、大いに結構。明るく笑って、前を向いて生きてほしい。母がバス旅行や海外ツアーに申し込んで友達と出かけるのを私は喜ばしいと思い、父は渋々認めざるを得なくなっていった。

夫婦は、微妙な力関係で成り立っている。母は父に対して挑戦するようになった。これを言っても怒らないな、という基準がちょっとずつ上がっていく。ここまで言っても、まだ大丈夫。言葉が、きつくなる。態度も強気になる。表立って、批判をする。じわじわと、父に張り合うようになった。怒鳴られると、ぷいっとそっぽを向いてやりすごす。

母はたくましくなったが、家庭が温かみのあるものになったかというと程遠く、同じ総量の怒りを父と母が奪い合いながら生きているみたいになってしまった。

母が携帯電話を持ったのは、ちょうど夫婦の力関係が逆転し始めてきた頃だ。平日の昼間、私の携帯電話が鳴る。「ねえねえ、お父さんがさー」で、それは始まる。

「私がせっかくパジャマを新しく買ったのに、こんなん着られるかって怒鳴るんだよ」とか、「お父さんが畑の草取りをしたのはいいけどさ、新芽を全部引っこ抜いたんだよ。バッカじゃないのって思っちゃったよ」とか、実際たわいもない内容だった。ところが、母自身に積年の恨みがあるもんだから、笑い飛ばすような内容なのに毒がある。

母はいつだって本気で「やだった」と思い、「やだった」とそのまま言葉を発した。今日やだったことを、娘に電話で報告する。それが日課になった。

ある日、怒りに震えながら母が電話をかけてきた。バス旅行に参加した翌日で、てっきり明るい話が聞けると思っていたら、開口一番「本当に大変だったんだから」と、憎々しさが滲む。

「日帰りツアーだろ、帰りの時間は気にはなってたんだよ。夜七時には到着するはずだったんだけど、道路が混んで遅くなってさ」

展開はもうわかる。すでに、胸がちくりと痛む。

「電話を入れたんさ、あたしだって。遅くなるって言っといた。でも家に着いたのが夜一〇時近くでさ、お父さん、電気を全部消して家中の鍵をかけて、あたしを締め出したんだよ。やっと家に入れてもらったら、(旅行に一緒に行った)Yさんの家に電話する、もう、うちのを旅行に誘うなって言ってやる、ってすごい剣幕で怒鳴ってさ、本当にYさんちに電話かけたんだよ」

私には、父の声も部屋のタバコの煙も、台所と寝室を何往復もしてウィスキーの水割りを作ってはがぶ飲みした父の行動も、Yさん宅への電話の剣幕も、ありありと目に浮かぶのだった。せっかく楽しい時間を過ごしても、最後にすべてをぶち壊される母の気持ちを考えると、せつなかった。私も何度、同じ経験をしてきただろう。

母からの電話を受ける時、たいてい私は自室の机に向かって原稿を書いていた。朝、ヨウを学校に送り出したら、コーヒーをポットに入れて机に向かい、まずは新聞を読みながら一杯、その後パソコンを立ち上げてからもう一杯コーヒーを淹れ、原稿に向かう。ようやく調子が出てきた頃に、母から電話が入るのだった。

適当に相槌を打って、聞いていられる日もある。気持ちを持っていかれないよう、ふん、ふん、と最低限の返答をする。いまさら、深入りしても仕方がない。聞き流すのが何よりだとわかっている。しかし、二日後にも「お父さんがさー」で始まり、数日おいて「お父さんがさー」、少ししてまた「お父さんがさー」となるのが、母なのだった。娘はたいてい家にいて、通話無料である。思い立った時が、かける時だ。

「やだった」を毎回聞かされるのは、たまったものではない。毒を微量ずつ盛られているようなもので、そのうちにこちらがおかしくなる。

父について、私自身がやっと折り合いをつけて怒りを手放したと思っていたところへ、ふたを開けられ、あれもこれも引っ張り出され突きつけられる。勘弁してほしいのだ。離婚を選ばなかった母自身の人生を、まっとうしてもらうしかない。それは母の人生であって、私のじゃない。だから時々、爆発した。

「あたしは、お母さんのゴミ箱じゃない」と、怒鳴り返した。そりゃあそうだ。私にだって言いたいことは山ほどある。携帯電話を壁に投げつけて、その後はもう仕事どころじゃなくなった。びりびりに原稿を破った。毒気が抜けるまで、家の外をうろうろ歩き回った。

それでも翌日、「お前はあんなこと言ってたけどさ、そりゃあ、お前には悪かったと思うけど、でもさ」と母から電話がくる。

「でもさ、あたしだって、つらかったんだよ。お前が小さかった頃、眠れないし具合は悪いし、お父さんは怒鳴るし……」

何があっても「でもさ」で、母は切り返すのだった。私が怒鳴ろうと、あきれようと、泣こうと、母は毎回電話をかけてきて、自分の喋りたいことを喋った。

こういう関係の親子の場合、距離を置くことが必要に違いない。依存は、言葉で跳ねのけることはできない。でも私には、できなかった。仕事だ。私には、母が必要だった。我が家で、ヨウと一緒に夜を過ごしてくれる人が必要だった。保育園時代には取材旅行に連れていけても、小学校に上がってからは学校を休ませるわけにはいかない。全日空の機内誌は月刊の連載なので、毎月必ずお弁当の人を見つけて取材へ行くことになる。

月々の夫婦連載は、もうひとつあった。二〇一一年の東北の震災直後に始まったJRの会員誌『ジパング倶楽部』で、こちらは手仕事の現場を訪ねるものだった。陶芸家やかご編み職人などの工房を訪ねる旅は、六年間続いた。お弁当と手仕事、最低でも泊り出張は毎月二回ある。他にも、写真家の芥川仁さんとともに日本各地を一週間くらいの日程で取材して、『リトルヘブン』という新聞にまとめる仕事を、私は年に四回やっていた。その期間はサトル君とヨウで過ごすのだが、彼に出張が入ったりすると、さて困った、となる。

夜、ヨウと過ごしてもらえる人は、サトル君と私、お互いの母親以外には考えられない。カレンダーを見ながら、前回から一週間しか経ってないけれど引き受けてくれるだろうかと、恐る恐るお伺いをたてるのだった。今回はこちら、次はあちら。祖母たちが、孫と一緒に過ごす日を楽しみにしているのも知っている。感謝しつつ、甘えさせてもらった。

ヨウが小学校六年間を過ごす間に、サトル君と私、それぞれの父親を見送るという経験もした。

ヨウが小一の時に義父のイワオさんを、小六の時にマサユキさんを亡くした。介護や病気療養の時期には、母や義母にうちに来てもらうわけにはいかない。おまけに、サトル君の妹の出産と子育てが始まったのもこの頃で、義母はますます忙しくなった。環境、状況がいろいろに変わるなか、その都度ヨウがひとりにならないように取材日程を組み、それも難しい場合には、週末や休暇を使ってヨウも旅に連れていく。連載に穴をあけないように、必死も必死だった。

いつも、家族のことばかり考えていた。何をやるにも、家族が絡んでいた。家族なんてくそくらえ、と一九歳で家を出た私は、家族というものに心底うんざりしていたのに、いつだって電話が鳴り、その一本の細い糸を切ることができなかった。断ち切れたらどんなに楽になるだろうと思っても、ぎりぎりのところで踏みとどまってきた。

だから、否が応でも考え続けることになる。家族というだけで、人は通じ合えるものなのか。なぜ私は、あの両親のもとに生まれたんだ？　物心ついた時から、「家族」こそが私のテーマだった。「あたしはゴミ箱じゃない」と母に向かって叫び、携帯電話を壁に投げつけた時に私が書いていた原稿、それもまた、家族についてだ。お弁当の取材を掘り下げれば、家族だ。お弁当を食べる人の向こう側には、作る人がいる。一緒に食卓を囲む人がいる。ひとり暮らしの人にだって、子ども時代の家族がある。

原稿を書き始める前に、録音したインタビューを文字に起こすひと手間がある。もう一度その人と向き合いながら、笑ったり感心したり、ああ、そうだったのか、と取材の時には気づけなかったことに思い至ったりする。

お弁当の話から、「うちの息子は相当やんちゃだった」という話にとんで、「随分手を焼いて苦労して、うちの女房はどれだけ泣いたかなあ」と、しみじみ語る人がいた。

「その息子が、今日の弁当の肉を焼いてくれたんだ」と言われれば、会ったことのない奥さん、息子さん(きっとお父さんそっくりに違いない)の顔が目に浮かぶ。ありふれた肉のおかずが、まったく違って見えてくる。

インタビューを再び聞きながら、言葉を噛みしめた。黙り込んだその時、何を思い出していたんだろう。息子は、なぜ荒れていた時期があったんだろう。

お弁当の取材は、そのテーマゆえかなり踏み込んだところまで話を聴かせてもらうこともあった。傍目には平和な家族に見えても、みんな何かしらはある。インタビューをしながら、言葉の裏にあるものを想像した。

私がいつも見ていたのは、弁当箱の中身じゃなくて、人だ。おかずが冷凍食品ばかりでも、手の込んだ創作料理でも、どちらでも構わない。ただ、蓋を開けた時に鼻歌が聞こえてくるような弁当ならいいな、といつも思うのだ。作り手が楽しい気持ちなら、食べる人だって同じだ。冷凍のミートボールをチンしただけでも、「これが美味しいんだよね」と食べる人が笑顔ならば、それが一番。いつも、どこかで自分と重ね合わせていた。子どもの頃の私が時たま顔を出し、目の前の人が笑顔で弁当を頬張るのを見て、ほっとするのだ。

同時に、自分の父と母を重ね合わせてもいた。一見、アクが強くてとっつきにくいと思う人でも、ふと見せる笑顔を信じてぐいぐいと話を引き出すうちに、その人の素朴な人柄が見えてくる。印象が暗かった人が、笑うとぱっと花が咲いたみたいな表情になるのを発見する。

威張り散らす父であっても、一方で思いやりや優しさがあると信じていた。不満ばかりが口をつく不機嫌な母にも、誰かを喜ばせたい温かい気持ちがある、と思うのだ。人は誰しも、ややこしくて一筋縄ではいかなくて、でも無性にいとおしい存在だ。それを、いつだって確認したかった。家族の様々な姿を、この目で見たかった。

私は、父と母を肯定したかったのかもしれない。いつだって、誰かの後ろ側に自分の両親をだぶらせながら、家族についての原稿を書いてきた。

それは、『おべんとうの時間』のシリーズ二冊目が出版された頃だったと思う。阿部夫妻に話を聴きたい、と私たちに取材の申し入れがあった。

取材を受けるということは、否が応でも自分自身について考えることになる。がむしゃらに弁当を追いかけてきました、では済まされない。相手は、「なぜ、おべんとうなんですか」とか「これまでで一番印象に残る取材は?」とか、あの手この手で質問してくるから、こちらは考えを整理しなくてはいけない。そうやっていろいろ喋るうちに、気がつくこともあれば、相手に教えてもらうこともある。

その日もそうだった。全日空の機内誌で連載を始めた二〇〇七年より前、掲載予定もないなか、家族巡業であちこちへ行った話をひと通りした。弁当の人を探すのは、前も今もどんなに手間がかかるか等々、喋りながら懐かしい出来事を振り返っていた。

「阿部さんたちがなさっていることは、その時代の記録ですね」と、インタビュアーの女性Sさんがふいに言った。

「弁当を撮るんですけど、その人のその時間が現れていますよね」

なるほど、記録だ、と思った。

何となく意識はしていたけれど、言われてみれば本当だ。たまたま縁があって出会った弁当の人。しかも記録というものは、数を集めて月日を経るとより意味が深くなる。

取材が終わってから、「実は……」とSさんが自分の携帯電話を取り出した。

「私も娘にお弁当を作っていたんですよ」と、彼女は言った。こんな時は、彩り豊かな弁当の写真を披露してくれるパターンだ。

ところがSさんは、「高校に通う娘に毎日弁当を持たせていたんですけどね、ある時期、学校ではお弁当を食べられなかったみたいなんです」と言う。

「友達との関係がいろいろあったんでしょうね。学校でお弁当を食べられなくなって、そのまま家に持ち帰るわけにもいかなくて、夕方図書館に寄って、トイレで弁当を食べてから家に帰っていたみたいなんです」

「トイレで……」

「随分後になって、本人の口から聞いたんですよ。まったく気づかなかったから、びっくりして。そういえば、あの当時の弁当の写真が……」と、ここで携帯電話に保存されている弁当の写真を見せてくれた。

「あの頃、娘はつらかったと思うんですけど、あの時の弁当は、彼女にとってはその時代そのものですよね。そう考えると、お弁当は記録だなあって思うんです」

親にとって、トイレで弁当を食べる娘の姿はあまりにせつない。それでも、Sさんはあの頃のお弁当の写真を大切に保管していた。つらかった娘の気持ちをしっかりと受け止めている、ということだ。Sさんの娘さんは幸せだな、と思った。

ベーカーズフィールド高校のトイレで、昼ごはん代わりのドーナツをかじった私には、他人事ではない。お腹なんて空かなければいいのに、と呪うような気持ちで甘すぎるドーナツを腹に納めたあの日。一六歳の私が蘇ってくるようだった。

記録、ということを、それからは心のどこかに留め置くようになった。

二〇一二年の夏、熊本県の求《く》广《ま》川《がわ》八郎さんを取材する時、時期を後ろにずらすべきか悩んでいた。その夏は大雨が続いたせいで、球磨川の水量がとんでもなく多くなっていて、船頭の八郎さんは仕事をできずにいた。八郎さんは川の向こう岸へと人を運ぶ、小さな渡し船の船頭だ。集落側と、向こう岸にある鉄道の駅とを結ぶ最短距離の渡し船は、かつては貴重な交通手段だった。ところが、車やバイクが主流になって少しの遠回りも苦でなくなると、住民はわざわざ船を利用しなくなり、大勢いた船頭はあっという間に減ってしまった。

八郎さんは、最後の船頭なのだった。毎日たったひとりの地元の高校生を、朝駅のある向こう岸に送り、夕方迎えるのが仕事だった。

電話をかけると奥さんが「まだ、水が引きませーん。じいちゃん、仕事になりませーん」と状況を教えてくれる。老夫婦二人暮らしだった。取材日程が立てこんでいたせいもあり、八郎さんの取材をもっと先に延ばそうか、と気持ちが揺れるなか、「やっと水が下がりましたよー」という奥さんの一声で、八郎さんのもとへ向かった。

無事、取材を終えて原稿を仕上げ、『翼の王国』に掲載されるというタイミングに、八郎さんは船頭を引退したのだった。八五歳、ぎりぎり間に合った取材だった。

その時、つくづく思った。私たちには、記録という役目があるのだから、タイミングだけは逃すまいと。その日、その場へ行くことこそが、重要任務だ。

✣

「お義父《とう》さん、何か食べたいものはありますか?」

入院している病室の父に声をかけたのは、サトル君だった。

「うーん、なんだろうなあ」

広げていた新聞から目を離すと、父の頬がほんの少しだけ緩んだ。さっきから新聞の文字などまったく頭に入っていないのは一目瞭然で、ベッドの脇に妻と娘、娘の夫、孫が一同に並ぶ状況が居心地悪くてたまらないのだ。新聞でも広げていないと場がもたない、といったところか。

「ケーキかな。ケーキが食べたいなあ」

その言葉に、一同がわっと驚きの声を上げた。へえ、ケーキなの? そうなんだ、実は好きだったんだ、意外だなー。

父は照れくさそうに笑ってみせた。私が子どもの頃、クリスマスに母が用意した山崎製パンのホールケーキを、父は一口も食べなかった。酒がまずくなる、というのが理由だ。ヨウが生まれたあたりから、私たちがロールケーキを食べていると、「俺にも一口くれ」と言うようになった。

二〇一四年一一月はじめ、父は七三歳だった。

「じゃあ、明日の朝ここへ来る前に買って来ますよ。どんなケーキがいいかな。お義父さん、何が好きでしたっけ?」

「何だって、いいよ。サトル君に任せる」

ひとつでも、父の希望を聞けたことがうれしかった。それが、容易に叶うものでよかった。そもそも私には、父に何を食べたいか訊くという発想がなかったのだ。一、二か月前から母がかけてくる電話の内容のほとんどが、「お父さんが食べない」だったせいもある。

「あたしが野菜をいっぱい並べておいたって、お父さんは箸さえつけないんだよ。ホントにやなんだよ」と、母は鼻息荒く私に報告した。「お父さん、野菜がもともと好きじゃなかったんじゃないの?」と、その時の私は受け流していた。

そのうち「いただきますって言ってからも、お父さんはお酒(ウィスキー)を舐めるようにして、じーっとしてるんだよ。何も食べやしない」と嘆くようになった。

「最初はじーっとしてるだろ、それでさ、あたしが食べ終わった頃になってようやく箸を持って食べ始めるんだよ。なんなの? そういうの、やなんだよ」

胃がんを疑って検査をしたが、異常なし。ピロリ菌除去をしましょう、ということになり、薬を飲んでみたものの症状は変わらず、だった。どうやら背中も相当痛かったらしい。風呂上がりにタイガーバームの軟膏を塗るのが何十年来父の習慣なのだが、その量が増え、いつの間にか体中に塗りたくるようになっていた。

「せっかく風呂で温まるっていうのに、タイガーバームを塗って体中スースーしたら寒いだろ。変なことするんだよ、あの人は」と、これまた母の報告で知った。

一〇月最後の日曜日の定期便は、いつも通り『サザエさん』のエンディング曲とともにきた。その日は珍しく私が受話器を取ったので、「お父さん、大丈夫？」と、あまり深刻にならないように尋ねたのだった。

「ピロリ菌って言われてさ、その薬を飲むんが大変だったんだよ。でも、体重は減ってないんだ」

「ピロリ菌なんだから、大丈夫だよ。きっと、この後よくなるって」

「そうだよなあ。がんだったら体重がどんどん減っていくもんな。俺の場合、その点は大丈夫なんだ。うん、よくなるよなあ。ところでお前、この前ばあさんが世話になったな」

「ああ、先週来てもらって助かったよ。伊賀に行ったからさ」

「ばあさん、いつもはしゃいでる。お前のところへ行く時はな。ほら、昔はいつも言ってたよな。あたしは鬱だ、あたしはもう駄目だって。そりゃもう、暗かったろ。陰気そのものだったろ。最近は、こっちが完全にやられっぱなしだ。まあ、ばあさんが元気なのが何よりだ。なあ、そうだろ？だからまた、そっちに呼んでやってくれ」

「ちょっと、口うるさすぎるけどね」

ピロリ菌の話をしながら、一瞬父の声がうわずったのが気になった。そして嫌なものを打ち消すように、ばあさん、ばあさん、と明るく振る舞った。思えば、これまで父の口から母の悪口を聞いたことは一度もないのだった。

その夜、夢を見た。居酒屋でひとり、私はビールを飲んでいた。程よく冷えたおいしいビールで、ゴクゴクとのどを鳴らすようにして味わっていると、ふと横に気配を感じた。父が立っている。その顔は穏やかで優しくて、笑みまで浮かべていて、いつもの威圧感がない。なぜだか父と手をつないでいた。同じ方向を一緒に見ていた。そのまま、父も一緒にビールを飲んだ。余韻を引きずるように目が覚めて、時計を見ると夜中の二時。いい気持ちのまま、また眠ってしまった。

翌日、母に促されてもう一度病院に検査へ行った父は、そのまま帰宅も叶わず入院となった。すい臓がん末期だった。肝臓にも転移がみられ、半年生きられるだろうか、と医者に言われたという。

✣

近所で評判のケーキ屋でイチゴのショートケーキを買って、父の入院する病院へ向かった。駐車場に車を停めて入口を見ると、車椅子に座った父が、タバコをふかしながらこっちを見ていた。痩せて頬の辺りが落ちくぼんだ姿を見て、小学六年生だったヨウは我慢できずに泣いた。おじいちゃんに気づかれないよう、私の陰に隠れていた。

タバコを吸わせてもらえる市内の小規模病院は、父にとって決して居心地は悪くなかったはずだ。ナースステーションに声をかけると、預けておいたタバコを一本ずつ手渡してくれる。最初の頃はスタスタ歩いて喫煙所へ向かっていたが、ほんの数日の入院で歩くのがおぼつかなくなり、その日は看護師さんに車椅子を押してもらって喫煙のできる玄関前にいた。

私たちに気づくと、やっと来たぜ、という顔で父が手招きをする。薬が効いて背中の痛みはほとんどないようだった。

「おっ、ケーキか」

今すぐ食べるというので、ベッドに座って食べられるようテーブルをセットした。その時、布団をめくりあげた際に父の足を見て、あっと声をあげそうになった。明らかに浮腫《むく》んでいる。

「うまいよ」

生クリームたっぷりの大きな塊を口に入れると、父が満足気に頷いた。あっという間に食べ終えたのを見て、私たちも満足だった。

その後少しして、昼ごはんが配られた。大盛りのご飯と野菜ばかりのおかずを前に、父は苦虫を嚙み潰したみたいな顔をしている。

「海苔瓶、出せ」の一声で、母が棚にしまっておいた海苔の佃煮を差し出す。私が子どもの頃から海苔瓶といえば桃屋で、必ず家の冷蔵庫に常備してあった。父の朝ごはんで思い出すのは、この海苔瓶と、鰹節、青のり、ネギをたっぷり入れた納豆だ。

煮た野菜にしぶしぶ箸をつけ、海苔の佃煮をたっぷりのせたご飯を勢いよくかっこむ父。食べっぷりはいいのだが、嚙んでいる様子がない。

「お腹、空いてるの?」と尋ねると「空いてない」と言う。

「ケーキ食べた後なんだし、無理することないよ。残しなよ」と言うと、ほっとしたように箸を置いた。

私はその日、父と話をしたかった。がんの末期だということを本人も医師から知らされたらしいのだが、父の口から出てくるのは前に電話で聞いたピロリ菌除去のところまでで、そこから先がない。自分の状況を理解しているのか、わからない。ただ、この先抗がん剤治療を受けると本人が希望したという。

余命三か月と医師から言われ、体力を奪うかもしれない抗がん剤治療を受ける必要はないんじゃないか、と私には思えた。それよりも、残りの時間が限られているのなら、できるだけ有意義に過ごして欲しい。

母とヨウには病室を出てもらい、父と向き合った。「俺も残る」と言ったサトル君が、私の横に立っていた。

「お父さん、がんのことはお医者さんから聞いた？」

単刀直入に尋ねると「ああ」と、消え入りそうな声がかえってくる。

「すい臓がんだったね」

「…………」

「お父さん、抗がん剤治療をこれから受けるの？」

「………ああ」

「体に負担が大きいかもしれないよ」

「…………」

「抗がん剤は、どうしても受けなきゃいけないってものじゃないと思うよ。お父さんが嫌なら、今無理してやることはないと思うけど、どうかな」

父はしばらく宙を見つめ、黙っていた。そして、「俺は寝る」とか細い声で言うと、かけ布団を首元まで引っ張って横になってしまった。

✣

東京に戻って二日後、母が興奮気味に電話をかけてきた。

「ねえお前、この前、お父さんがごはん食べるところ見てただろ。どうだった?」と言う。

「今日さ、Uさんも行くって言ってくれたから、一緒に病院へ行ってきたんだよ。Uさん、お刺身を用意してきてくれたの」

Uさんは近所に住む母の友達で、看護師だったこともあって、あれこれ気がつく優しい女性だ。

「お父さんが昼ごはんを食べてる時、ずっとUさんが見ててくれたんだよ。あたしはほら、洗濯ものとかいろいろ用があって病室を出てたんだよ。そしたらさ、お父さんは口いっぱいに食べ物を詰め込んで、うまく飲み込めないもんだからって水で飲みこんでるんだって。あれ、ダメなんだよ。誤飲するって。誤飲の一番の原因になるって。Uさんは、よくわかってるからさ」

父がほとんど噛む様子もなく、ごはんをかっこんでいた姿を思い出す。病院食なのに量が多すぎだった。

「それでさ、おかゆを最後までとっておいて、最後にかっこむようにして食べたんだってさ。ダメだよ、そういう食べ方。だって、ごはん食べておかず食べて、ごはん食べておかず、順繰りに食べるものだろ、普通は。でも、完食だったたって」

思わず泣きそうになった。この期に及んで、ごはん、おかず、じゃないでしょう、という言葉を呑み込んだ。なぜ、刺身を買っていくのがUさんなの？ という言葉もぐっと呑み込んだ。もしそれを言ったら、母はこう返すはずだ。ごはんとおかずは交互に食べるほうがいいって間違いなのかい？ 刺身を買いに行く時間なんてあたしにはなかったよ。それに、お父さんが自分で言わないから、何が欲しいかなんてわからないだろ。

たぶん食欲がないはずなのに、父は無理やり病院の食事を完食している。なぜなのか。でも、父らしいような気もした。

翌日から、抗がん剤治療が始まった。

「お父さん、歯を磨く時にベッドの横の洗面台に立つのも大変みたいよ。足をうまく上げられなくって、向きを変えるのもひと苦労なんだよ」

布団をめくった時に見えた、父の足を思い出した。さらに浮腫んでいるのだろう。

「そしたらさ、看護師さんに言われたんだよ。どうも食事の時に、洗面台のところに食べ物を捨てた形跡があるんだって。前に、こそこそっと食べ物を流してるみたいな様子を見かけたことがあるんだって。お前、どう思う？」

それを聞いて、ハッとした。私たちが病院を訪れた時、父は「レジ袋を置いてけ」と言い、色の濃い中身が見えない袋を指さして「それも置いてけ」と言った。

母が「ゴミ箱ならここにあるでしょ。病院の人がちゃんと捨ててくれるんだから、レジ袋なんていらないじゃない」と言うと、猛烈に怒り出した。なぜ怒ったのかが、やっとわかった。誰も見ていない時に、食べ残しをビニール袋に入れて捨てていたのだ。

Uさんがそばにいた日、父は必死に完食したのだろう。病院の人たちに対しても、食事を食べ残すのを知られることが我慢できなかったのか。強がり？　でも、なぜそこまで？

父の食事中、病院のスタッフが様子を見ようと思ったら、部屋の鍵がかかっていて入れないことがあったという。

「お父さん、無理して完食してたんだねえ。全部食べなきゃって思ってたんかねえ。入院ってもんを、今までしたことがない人だったからねえ」

母も素直に驚いていた。翌日、母が看護師さんに食事の量を減らしてほしいと伝えた。同時に、無理に食べなくていいことを、看護師さんから父に言ってもらった。

無理に食べなくていい、と病院のお墨付きをもらった父は、その後はあれもいらない、これもいらない、とおかずはほとんど拒んで、おかゆだけを海苔の佃煮と一緒にゆっくり食べたという。それを聞いて、ほっとした。

✣

サトル君とヨウと一緒に父を見舞ってから一週間後の週末、私は慌てて新幹線に飛び乗り、ひとりで病院へ向かった。ちょうど『おべんとうの時間（3）』の書籍化が翌春に決まり、打ち合わせなどで忙しくなっていたが、母から聞く父の容態が気になった。タバコを吸いに行けなくなり、食事をとるのもやっとの状態に急変したという。

ナースステーション前の個室に移っていた父は、ベッドに横たわっていた。ベッドの脇には、一週間前にはなかった簡易トイレが置いてあった。カーテン越しの日の光が部屋を照らす、穏やかで静かな午後だった。

ようやくふたりになれた、と思った。母には、夕方まで迎えに来なくていいよ、と伝えてあった。なぜなら、一週間前の父と母のやりとりは耳を覆いたくなるようなひどさで、あれだけは勘弁して欲しかったからだ。何事も思うようにならない父は、何度も険しい表情で母に怒りをぶつけた。せっかく父のために買った室内履きを手に取り「こんなもん、履けるか」と、顔をしかめる。

看護師さんと母のやりとりが気に障ったらしく、「俺に恥をかかせるな」と母に怒鳴る。恥、の意味するところが私たちには理解できなかった。

母は母で、病室に入るなり「暑い暑い、こんなのはダメだよ」と父の意向も聞かずに室内の温度を下げてそのまま帰り、次の日もまた「ああ暑い暑い」と温度を下げてしまう。車椅子を使いたがる父に、「ちゃんと歩いて、足を使わなきゃダメ」と説教する。余命を宣告された夫とその妻、という夫婦にはまったく見えない、それまで通りのふたりだった。

病室で両親に挟まれて、私は頭がおかしくなりそうだった。私はただ、父が死にそうだという現実が悲しくて、そばで見守りたいだけだった。ただ父と向き合いたいだけなのに、それをさせてもらえない。父は死にかけていても父であり、母はどんな状況にあっても母なのだった。

目を閉じていた父が、気配を感じたのか私に視線を向けた。

「お父さん、来たよ」と顔を覗き込むと、「なんでお前が？」というような驚いた顔になった。

「お父さん、体調はどう？」

努めて明るく言うと、父は「ああ」というように私を見つめた。そしてそのまま、目を閉じてしまった。一週間前とはあまりに違う弱々しい姿に面食らいながら、ベッドの横に腰を下ろしてただ父を見ていた。

浮腫んだ手を、そっと握る。父の手に触れるのは、いつぶりかも思い出せない。父が目を開けたので、ぎゅっと力を込めると、父も同じように握り返した。何か言いたいことがあるんだよね、と思う私は、「お父さん、なに？」と身を乗り出して、父が言おうとすることを聞き逃すまいと身構える。

ところが、握った手をそのまま引っ張るようにして父は体を起こし、そのまま便座を目指して移動しようとする。どこにそんな力があるんだろう、というくらいの力だった。しかし、思うように足を動かせない。父の体を支えながら、どうしたものかと思案していると、様子を察知した病院のスタッフの女性がやってきて手を貸してくれた。

父が便座に座っている間、窓辺に立って外を眺めた。高台に建つ小さな病院は、私が高校に通うので毎日乗っていた電車の車窓からもよく見えた。稲刈りの終わった田んぼが広がる、のどかな風景だ。周りの山では紅葉が始まっていた。

座ったままの父は、ぼんやりと空《くう》を見つめていた。そのうち、右手をおちょこのようにすぼめると口元に持っていき、ゆっくりと味わうようにして目を閉じた。酒を飲んでいるつもりらしかった。父の場合は、ウィスキーの水割りだろう。満足げに、はあっと息を吐いた。うっとりした恍惚の表情だ。邪魔をしては申し訳ないと思って、私はその場から動かずに静かに見守る。痛み止めの薬が相当強いものだということは想像できた。時々、意識がどこかへとぶようだった。怒りを手放した父の表情は、見たことないくらいに穏やかだった。

その後、真顔に戻った父が手を伸ばしたので、その手を私が握る。ベッドへ戻るのも父と私だけでは無理だった。すぐに来てくれた女性スタッフは、慣れた手つきでトイレの処理も父の介助もしてくれて、無事父はベッドにあおむけになり、力尽きたように目を閉じた。

この時に気づいた。言葉が、なくなっていた。父から、言葉が消えた。母の話では昨日まで自分でごはんを食べていたというのに、目の前の姿はいったいどうしたというのか。

しばらくして、父がまた私の手を力を込めて握った。私は、今度こそという期待で胸がいっぱいになって「お父さん、どうした？」と身をかがめる。

父には、言いたいことがあるはずだ、と信じていた。だってそうだ。人は、自分の死を目前にした時、大切な人に何か言わなきゃいけない。

父がまた、ぐっと私の手を引き寄せるかたちで体を起こしにかかった。ほら、手伝え、と言われているようだった。今度はさっきよりも困難で、ベッドの柵にしがみつくように体重をかけるが、体が起き上がらない。奥底から振り絞るような力を出して、父は上半身を起こした。

腹も足も手も、どこもかしこもぱんぱんに浮腫んでいた。また同じ女性が来てくれて、父は便座に座ることができた。ほとんど食事をとっていないので実際に便は出ないのだが、生理的な欲求があるのだろう。ベッドへ戻る時にも、病院の人が介助してくれた。

これを、二時間半の間で三回繰り返した。三度目に手を握られた時、父の目をまっすぐ見つめたが、もはや便座に座ることしか頭にない父には、私の顔など見えていない。自分が、杖か手すりにでもなった気分だった。打ちのめされた。

言葉が出なくてもどかしい、というふうでもない。お前に言いたいんだけど、声がもう出ないんだよ、という顔ではない。目の前の父は、潔いほどにきれいさっぱり何もなかった。ただ、最期の力を振り絞ってやるべきことをやっていた。ごはんをしっかり食べることができなくなった今、排泄をすることが父にとっての生きる、であり、最期までその姿勢を貫いていた。

耳は音を認識していて、私の言葉が本人に届いていることはわかっていたけれど、どんな言葉をかければいいのか思いつかなかった。正直に言えば、大好きだよ、とか、お父さんの娘で良かったよ、という言葉を言うべきなんだろうか、と、ぐずぐず考えていた。そういうことを言える親子関係に、憧れていた。でも、頭の中で逡巡している時点で、それは私の言葉じゃないと気づいている。結局は、何も言わなかった。ただ、手を握り膨らんだ足をさするのが精いっぱいだった。「また明日来るからね」とだけ言うと、母の運転する車に乗り実家に帰った。

その日は、私の四四回目の誕生日だった。父が認識しているはずはなかったし、母が伝えているとも思わなかったから、何も期待していない。ただ「直美」と呼びかけてほしかっただけだ。

直美、今日は天気がいいな。直美、お前の仕事は最近どうだ？　直美、俺はもう長くはないらしいんだ。直美、今までごめんな。

四四年生きてきて、父と向き合って「直美」と呼びかけられた記憶がほとんどない。父は無口ではなかったし、酒が入ればやたら饒舌にもなったが、いつだって、俺が、俺が、と俺の話ばかりをした。

もう、父に期待し続けることはないんだ、と思った。いつか、と考えるから期待するけれど、その日はもう来ないとわかった。

一週間後に父は亡くなった。がんがわかって三週間の早い死だった。いつも怒りに燃えていた父らしい最期で、体のどこかにくすぶっていた火種を全部燃やし尽くすみたいに高熱が出て、死が迫っているのに、なぜだかとてつもない生命力を感じたのだった。燃え尽きて冷たくなった父は、さっぱりとした顔をしていた。

主のいなくなった六畳間の部屋に座ると、なにもかもが私の子ども時代のままだった。ガラスの飾り棚がついた和箪笥と、洋箪笥、テレビ。テレビだけが薄型に変わっている。

病院勤めを引退してからの父は、この部屋で日中も寝転んでテレビを観ていた。昼ごはんになると台所へ行き、すぐにまた畳の自室に引っ込む。天気が良ければ近所に借りた畑の世話をし、市内にあるデイケア施設の運転手を頼まれるようになると、朝と夕方の二回、車で送迎をするのが日課になった。ものすごいスピードで脇目もふらずに近所を散歩するのも、毎朝の恒例だった。

父がどんな人だったのか、手掛かりが欲しかった。何を考えていたのか、その頭の中を少しでも理解したかった。なぜなら、私は父について何も知らない。実際に父がいなくなって、それを突きつけられた気がしていた。

いつも父が過ごしていた部屋を見回して、今さら驚くしかなかった。箪笥の飾り棚に並ぶのは、和紙でできた人形や石鹸にリボンを巻き付けて手作りした小物などで、家の中で他に置き場所がないからたまたまそこに入れられ、放置されたままの物ばかりだ。私が小学生の頃から、そこにあったのかもしれない。

父の部屋なのに、父自身の思い入れのある物がどこにもない。唯一、写真が数枚飾り棚の中に立てかけてあって、父が自分の意志でそこに置いたのだとわかる。どれも、ヨウが小さかった頃の写真だ。父はふざけて唇を尖らせ、ヨウがまとわりついている。七五三の時の写真もある。サトル君に撮ってもらったお気に入りだ。

本を読まない人だったから、部屋には本棚もない。本好きであれば、本棚や読みかけの本を見てその人のことが多少なりともわかる気がするが、父の場合はそれがない。ノートや手帳の類はないのか、箪笥の引き出しを開けるが、箪笥は完全に母の領域らしく衣類しか見当たらない。父の持ち物は、どこにあるんだ?

葬儀の後、父の兄や姉に「私はお父さんのことを、何も知らない」と言うと、伯母が家にあったという父の若い頃の写真を数枚持ってきてくれた。随分と探し回ってやっと見つけたらしい。どれも社会人になってすぐの頃の写真で、背広を着た父は細面で案外ハンサムだった。伯母は申し訳なさそうに「うちにはカメラがなかったから、マサユキの子どもの頃の写真は一枚もないんだよ」と言った。父には子ども時代の写真がないということも、この日に知った。

大学の法学部を出た父が、東京都内の会計事務所に勤めていたのは、その写真の頃だ。

「なんで法学部を出たお父さんが、法律事務所じゃなくて会計事務所に入ったの？」

よく考えると、不思議である。

「知らないよ。だって、お父さんは何も言わないもん。聞いたことなんてないよ」と、いつものごとく、母はにべもない。

「お父さんって、この時どこに住んでたの？　就職ってなったら、群馬から通うことなんてできないでしょ。一人暮らししてたのかな？」

「知らない。聞いたことない」

その時、一番上の姉である伯母が「うちにいたよ。うちでいつもごはん食べてた」と、こともなげに言うので、母も私もびっくりした。

「うちも広いわけじゃなかったからさ、布団敷いて寝るだけ。生活費かい？　あの子から貰った覚えがないんだよね。ただね、マサユキの言い草がいいじゃないか。給料日になると、お袋にお金渡してくるって言って、あの子は群馬に帰るんだよ」

当時、東京のマンション暮らしだった伯母は、家族三人で一部屋を使い、もう一部屋に父が布団を敷いて寝ていたのだという。居候で会社勤めが務まるんだろうか。しかも世話になっている姉家族に生活費を渡さずに、実家の母親にお給料を持っていくなんてどう考えてもおかしいのだが、それがまた父らしい。お給料は親に渡すもの、と思って実行していたのかもしれない。

父という人は、正体が見えないのだ。なんとなく感じていたことだが、こうやっていざ父についての全体像を把握しようとすると、生活実態がまったく見えないのだった。ふわふわと雲の上を歩いているみたいな、まったくつかみどころのない人に思えるのだ。

マサユキさんの東京生活は、父親の急死によって群馬に呼び戻されて終わったらしい。実家に戻った後、地元の会社に就職して、やがて見合い結婚をして家を出た。

母と共にアパート暮らしをするにあたって、父には私物というものがほとんどなかったらしい。

「ホントに何も持っていなくて、驚いたんだよ。持ち物って言ったら、下着数枚と古びた背広くらい。結婚してまず、背広を二着新調したんだよ」と、その昔に母が言っていた言葉が、現実味を帯びてくる。東京で居候生活ができたのも、なんだか頷ける。

父は、物を持たない人だった。これまで、深く考えたこともなかったけれど、父が四〇年以上を過ごした和室を見て、確かにそうだった、と思うのだ。生活をしていれば、捨てられないもののひとつやふたつ、自分が書いたもの、手紙の類、思い入れのあるもの、ついはずみで手に入れたもの、好きなもの、その気がなくても溜め込んでしまうものがあるはずなのに、どこにも見当たらない。

鞄を持ったことのない人だった。だから、父の遺品を探すにあたっても、いつも父が持ち歩いていた大切なもののセットが見当たらない。そもそも、財布すら持ったことがないのだ。会社員時代だって、帰宅するとまず、腕時計を外したついでにズボンのポケットの中のお金をテーブルの上にじゃらっと置いた。翌朝、じゃら銭をよけて千円札をポケットに入れて仕事へ行く。移動は車だから、免許証とキーさえ持てばいい。常に手ぶらで身軽な人だった。財布がないということは、クレジットカードも銀行のキャッシュカードも持ったことがない。

買い物をしないのだ。服はすべて母が買ったものを、文句を言いながら着た。唯一の楽しみのタバコやウィスキーを購入するのも、母の役目だった。本も読まないし、趣味があるわけでもなく、外で人と飲むでもない。

ただ、魚市場とスーパーでの買い物だけは好きだった。その時の父の姿だけは、ありありと思い浮かべることができる。

母はよく「お父さんって人は、お金を持たせるとパーッと使っちゃうからダメなのよ」と言ったものだが、パーッと使うことなどない父だった。使うものがないのだ。

だから時々、勤め先の近くのパン屋でドーナツやクリームパンなどの菓子パンを買って私や母に土産に持って帰る時は、いつも父自身が誇らしそうにしていた。どうだ、嬉しいだろ、というふうにパンの袋を差し出すのだった。

お金や物に対する執着がない。だからこそ、最初に就職したのが会計事務所だという点が意外だった。歩いているとポケットの中でじゃらじゃら音がして、時々「三〇〇〇円くれ」と母に言って無造作にポケットに突っ込む父が、細かい数字の世界で生きていけるとは思えないのだ。

そういう父親が、恥ずかしかった。人形町の寿司屋でアルバイトをしていた大学生の頃、バブルの名残を吸い尽くすように、大企業のサラリーマンたちが経費で飲み歩いていた。

「大将、また明日も五人で来るからよろしくね」

高そうなスーツを着てビジネス鞄を手にしたサラリーマンが、寿司屋の領収書を切ってもらって千鳥足で帰っていく。東京に出てから目に入る光景は、派手でギラギラしていた。「メッシー」とか「アッシー」とか、世の中の皆が浮かれていた。それに比べて、ポケットにじゃらじゃらと小銭を入れて、田舎で威張り散らしている父が、やたら小さく見えて哀しかったのだ。


結婚して何年かして、サトル君がこんなことを言ったのを覚えている。

「お義父さんって財布を持たないからさ、角上に行く時二万円を握りしめるようにして行くんだよ。何か買う時、万札をポケットから出して払うんだ。どこか子どもみたいでさ、いいんだよね」

え？　と思った。財布を持たない父を、サトル君がいいね、と言う。

「なんかさ、身軽っていうか潔いっていうか、かっこいいなって思うんだ」と、褒める。

「だって今どき、ああいう人はいないよ」

サトル君には、そういうところがある。私が気に病んだり恥ずかしいと思っていたことを、あっけらかんと肯定する。穏やかな家庭で褒められて育ったからなのか。お義父さんのあそこがいい、お義母さんのここがいい、とさらりと褒めるのだ。

これは、私には新鮮だった。褒め言葉を聞くと、なんだかそんな気がしてくるのである。急に別の視界が開けてくる。真っ黒いものが、ピンク色に見えてくる。

年の瀬、父はサトル君を引き連れて「角上」へ買い出しに行くのを何よりの楽しみにしていた。角上は、新潟の寺泊港直送の海産物を扱う店だ。

正月に食べるための刺身を買うのだが、「サトル君、ホタテはどうかな。殻付きでもいいかな」「サトル君、鯛を買ってみるか?」大好きな鮮魚売り場で、目利きの息子を伴って相当気合が入っていた。

なんせ、一年に一度の贅沢である。鯛を一匹買えば、半身を刺身におろして、残りの半身は塩焼きにしてくれる義理の息子がいるのだ。刺身は大皿に、花びらみたいに美しく盛り付けるところまでやってくれる。

「おい、サトル君。遠慮なんかいらないぜ。好きなものを言いなさい」

ズボンのポケットから、万札を取り出す。その日のために貯めておいた軍資金である。

今年も角上へ行きたかっただろうな、と思うのだった。がんが発覚したのが一〇月末だから、気の早い父のこと、カレンダーを見ながら、いつ買い出しに行こうか考え始めていたに違いなかった。

✣

父を知るための手掛かりが欲しくて、テレビ台のキャビネットを開ける。歌謡曲のCD一二枚組セットが、ほとんど開封されていない状態で出てきた。ロードマップが一冊、無造作に突っ込んである。

その脇に一冊のノートが見つかった。高鳴る胸を何とか鎮めて開いてみると、意外なことに農業日誌である。父の書いた文字をほとんど見たことがなかったので、「播種」なんて漢字が書いてあることに驚いた。はじまりは、二〇〇八年の八月二三日で、ハクサイ播種、ポット植え付け、となっていて、八月二六日に発芽、一一月三〇日には一株収穫、とある。ほかに、玉ねぎや大根、人参、小松菜、ニンニク、といろいろな種類を植えた様子がわかるが、記述はいたってシンプルで「播種」「発芽」「収穫」の日付けのみである。時々「失敗」もあった。はて、もう少し本人の気持ちや状況がわかるような記述はないものか。たとえば、直美が帰省、とか、ヨウに小遣い、とか。はやる気持ちでページをめくるも、数ページで記述は終わっており、中身は完全に野菜の記録なのだった。しかも、成長の様子までは書いていない、実に大雑把なものだった。

うしろのページをめくると、人の名前と地図が数人分あり、デイケアで送り迎えをする人たちの家の目印を図にしたらしかった。

裏ページを開いた時、はらりと落ちるものがあった。一万円札が一二枚。へそくり、である。端数は見当たらず、万札のみ現れた。

晩年、デイケアの送り迎えで得たお金は、本人が現金で受け取っていた。一回につき一〇〇〇円。朝夕の二回で一日二〇〇〇円。父が初めて手にする自分の好きに使ってよいお金で、冷蔵庫や扇風機などを買い替える時には「俺が出してやる」と言って、費用を負担したらしい。

父が遺した一二万円の使い道は、想像できた。孫のヨウへ誕生日のお祝いとお年玉。年末に、青森県弘前市の商店から、津軽漬けやすじこを注文するための代金(毎年暮れになると、我が家の分も合わせて注文してくれた)。年末、私たちが帰省した夜に食べる恒例のすき焼き用の上州和牛肉のお金。そして、角上で買う正月用の刺身や魚のお金だ。一〇月末のがん発覚まで、父はコツコツとお金を貯め、ノートに挟んでおいたに違いなかった。

もうひとつ、ノートを開いた時に見つけたものがある。折りたたんだスーパーの特売チラシだった。裏面に、びっしりと数字が書いてある。ちらっと見た時には、時刻表でも書き写したのかしら、と思った。ふとした拍子に、そのチラシを広げてまじまじと見て、あっと息を呑んだ。日付のあとに時間が書いてある。三月一九日5：47　17：52　二〇日5：45　17：53……。

日の出と日の入りの時間らしかった。え？　と飛び上がるような思いで広告の表面、「大売り出し」の日を確認すると、三月一八日、月曜日とある。カレンダーで確認すると、亡くなる前の年、二〇一三年三月一八日のことだとわかる。

父の記述は三月一九日から始まり、翌二〇一四年の九月二一日まであった。とびとびではあっても、一年半の間、この広告のチラシを枕元のどこかに置いておき、新聞にのっているその日の「日の出」と「日の入り」の時刻を書き写したのだ。なぜ？　何のために？

キツネにつままれたよう、とはこのことだ。参ったよ父さん、である。

農業日誌、一二万円、病院から受け取った吸いかけのメビウスのタバコと一〇〇円ライター、そして日の出日の入りを書き込んだ広告の裏紙。父が遺したもの、すべてだ。

その年の瀬、一二万円の中から、上州和牛を買って母と一緒にすき焼き鍋を囲んだ。例年通り、たらこやすじこを弘前の店に注文した。そして残りは、母と私たちで分けた。

✣

忘れられない記憶がある。父の弁当だ。

それは、アルマイトの大きな弁当箱にぎっしりとご飯が詰めてあって、海苔が一面に敷き詰めてあった。海苔の下には醬油をまぶした鰹節が敷いてある。海苔は、ご飯の熱でしわしわになっていた。おかず入れには、茶色い塊がひとつ。カジキマグロの味噌漬けを焼いたものが、そのまま、でんと置かれていた。装飾ゼロ。レタスなどの敷物なし。おかずは、その一品のみである。

蓋を閉じる前のその弁当を見て、中学生の私は動揺した。お父さんの会社の人が、これを見るだろうに。私自身も弁当の中身のことで母につっかかることはよくあったけれど、これはちょっとひどくないか？　お父さんが可哀想すぎるんじゃないか？　と思った。

「ほかに、何かおかずを入れてあげないの？」

私の口調がどこか非難がましく聞こえたのか、母は途端に不機嫌になった。

「お父さんがこうしろって言うんだよ。野菜は食べないから入れるなって言うから、あたしは入れないいんだよ」

私がもし誰かに弁当を作るなら、こんなことはできないだろうと思った。入れるな、と言われようと野菜を入れる。見栄えをよくしたい。たとえ残してこようと、緑や赤や黄色を添えたい。添えずにはいられない。好き嫌いの問題じゃなく、作る側としてカジキマグロを焼いたのをひとつだけ、の弁当を手渡すのなんて嫌だ。

父が可哀想だと思った。いくらなんでも、ひどい母だと思った。ところが、帰宅した父が空の弁当箱を母に手渡す時、「うまかった」と満足げな顔をしたのを見てしまった。

これもまた、衝撃だった。あとでそっと、父に聞いた。

「おかず、あれだけでいいの?」

すると、愉快そうに笑って「野菜は食いたくないから、入ってないほうがいいんだ」と言った。

「カジキマグロの味噌漬け、あれは弁当には一番だ。あれさえ入ってれば、父さんはそれでいいんだ」

それから何度も、カジキマグロの味噌漬けだけの弁当を父は持って行った。家の冷蔵庫にはけっこうな頻度で、スーパーで買ってきた手ごろな値段の味噌漬けが入っていて、それは父のためだけに焼かれるのだった。

会社の人があれを見たらなんて思うだろう、と考えると、無性に恥ずかしくてたまらなかったけれど、私はもう何も言わないことにした。

あの弁当を、今になって思い出すのだ。考えてみたら、あんなにシンプルな弁当を私はこれまで見たことがない。数百という数の弁当の写真を撮ってきたサトル君が、今これを見たら大喜びするはずだった。私だって、小躍りする。そんな弁当なのだ。

これまで、どんなに「いつも通りの弁当でお願いします」と取材相手に伝えても、多少は上品になっている気がする。一、二品おかずが増えていても不思議はない。

味噌漬けのカジキマグロが、でーんとのっかっただけの弁当の人なんて出会ったことがないし、これからも出会えないんじゃないかと思う。

もしあの日、四〇代前半の父に撮影をお願いしたら、この弁当を差し出したはずだ。母が撮影の話を聞いたところで、色をつけるわけでなく、いつも通りをやっただろう。それが、父であり母である。あの弁当は、父そのものだった。その弁当から透けて見える家族、作り手の母の姿。それもまさしく、飾りっけなしの母そのものだ。

そうだったんだ。サトル君がやってきたことは、そういうことだったのだ。サトル君が撮りたかったもの、長年撮ってきた写真とは、そういうものだった。

今、ようやくわかった。

父のポートレートと、カジキマグロと海苔弁の写真が見たかった。いや、中学生の私だったら、そんな撮影はご免こうむりたい。恥さらしをやめてくれ、と両親に訴える。

でもあれは、紛れもなくある時代の私の父のことだ。母のことでもある。そして、その時の両親の年齢を超えた私が、ようやく父の弁当を素直にいいなあと思えるのだ。それはつまり、父を受け入れたことと同じかもしれない。母を受け入れたということかもしれない。

あとがき

緊張しながら、その人を待っていた。企業の代表がわざわざ会ってくれるというのだから、幸先はよさそうである。きっと、大丈夫。隣にいる夫も、同じことを考えているのがわかる。

部屋に入ってくるなり、その人は独特のしゃがれ声で言った。

「こういう写真撮るのって、もっと年寄りだと思ってたら、君、若いよねー。ちょっと意外だったな」

予想外の一言に、肩の力が抜けた。若いと言われたサトル君は、どこか嬉しそうだ。

「ところでさ、君は不幸だったの？ いやなんていうかさ、不幸な子ども時代だったりしたわけ？」

まさかの、変化球である。

「いやあ、僕は不幸だったたってことはないです。どっちかっていうと、家族には恵まれていたと思います」

「そうかー、不幸じゃなかったかー。いやあ、こういうふうに弁当ばっかり撮るなんてさ、よっぽど子ども時代に、弁当に対する思い入れとかあったんじゃないかなって思ってさ」

その時、話の矛先を向けられなかった私は、内心ほっとした。どきり、としたけれど、それを悟られまいとまごまごしながら、この人は一体なんなんだ? と思っていた。それが、小黒一三さんとの出会いである。

二〇〇六年、私たちはそれまで撮りためたお弁当の作品を持って、出版社を訪ねることにした。4×5カメラで撮影した「おべんとう」と「食べる人」の二枚組のモノクロ作品だ。写真集にしたい、という思いを直接出版社に伝えるのだ。

最初のA社は、作品を預からせて欲しいと言われてから数か月後に、「申し訳ないが……」という丁寧な手紙とともに作品が返却されてきた。B社では、「写真は面白いんだけど、普通の人の弁当だしねえ」と、対応した部長クラスの男性は戸惑っているようだった。

「これを写真集にした時に、写っている本人は買うよね。それと、家族、親戚かな。まあ友人にもすすめるだろう。でも、他人の弁当の写真集を一般の人が買わないよね」

彼はそう言って、あからさまに笑った。

そういう時代だった。弁当にまつわる本は、料理家が出すレシピ本のことであり、普通の人の弁当を写真に撮って本にする、という発想自体がなかった。そしてもうひとつ。有名人でない一般の人にインタビューしたものを、誰が読みたい? というのもあった。私が書いた文章を写真とともに編集者に手渡しているのに、写真の評価はあっても、文章に関しては何もなかった。読むにも値しない、と言われているようで、自称ライターはひそかに傷ついていた。

そんな経緯の後、木楽舎の小黒社長に作品を見てもらうこととなり、冒頭のやりとりとなったのだった。小黒さんはその日、「面白いよ、これ」を連発して、取材の話に興味津々だった。そして最後に、「ぜひ、形にしよう」と言ってくれた。潔かった。何が嬉しかったかって、面白がってくれたことだ。そういう人にやっと巡り会えたことが、幸せだった。

さらに私たちが幸運だったのは、木楽舎に作品を持ち込んだ直後に、木楽舎の関連会社のトド・プレスがコンペを経て、全日空機内誌『翼の王国』の編集を請け負うことに決定したことだった。「あの作品を、連載してみるのはどうだろう？」と、小黒さんから直接打診をいただいたのが二〇〇七年の正月だ。

「あの時はモノクロプリントで見せてもらったけどさ、連載はカラーがいいかな。奥さん、文章書いてたよね。写真と文章のセットでいこう。そいでもって、今まで子どもを連れて取材してきたんだから、そのまま子連れでやればいいよ」

機内誌で、三ページ分を「普通の人の弁当」にあてようという発想は、あの当時小黒さんにしかできなかったと思う。そんな展開になったことに、私たち自身が一番驚いた。

考えてみれば、人との出会いはいつもそうだった。弁当の人探しは、誰かに断られると次の人へ向かう。「いいよ」と言ってくれる人は必ずいて、「この人に会うために、今までの断りがあったんだなあ」と思うのだ。断られても前を向いて歩いていれば、いつも別の出会いがあった。

連載を続ける中、世の中もずいぶんと変化していった。ブログやSNSを通して、自分が作る弁当を他の人とシェアしたいという人が増え、気がつけば弁当ブームになっていた。私たちは、絶妙なタイミングで作品を発表でき、世の中と一緒に歩んできたのだった。

ところが、弁当ブームになるほど、私自身は気持ちが落ち着かなくなっていった。弁当が愛情と一括りになっていることに、居心地の悪さを感じた。夫婦の愛、子どもへの愛。弁当作りは手間がかかって大変でも、愛情ゆえにできること。弁当の蓋を開けると、そこには愛が見える。……って、本当だろうか？　弁当箱の蓋を開けて、見なかったことにしたかった私である。日常そのものが、弁当には宿る。弁当箱を開くたび、家族の現実を突きつけられた私には、弁当を愛だなんて単純に言うことはできなかった。そのうち、私たち自身が取材を受けるようになり、インタビュアーが「やっぱり、弁当にこめられているのは愛ですよね」と言って、その方向で話をまとめようとする時、困ってしまうのだった。

思いをどうやって伝えようか。さて、どこから話せばよいものか。いつも、考えていた。なにせ、暗い話をしなくてはいけない。私の子ども時代の話まで引っ張り出さねば、うまく伝えられそうにない。相手は、そんな話は聞きたくないかもしれない。

そうして、書き始めた。父のこと、母のことを洗いざらい書かねば、本当に伝えたいことまで届かない気がした。そのうちに、あれ？　と思った。弁当というテーマであれこれ振り返っていくと、自分の中でずっとこんがらがっていた「家族の問題」が、ひとつずつ見えてくる。糸を解きほぐすみたいにして、本書が生まれた。弁当あっての、私なのだった。

最後に、ひとつ書き添えたいことがある。「音の番人」だった頃、毎年夏のお盆の時期になると悩まされた、生まれ故郷の「温泉まつり」についてだ。

私が結婚して新しい家庭を築いた頃には、祭りはもう争いの場ではなくなっていた。お盆で帰省した夜、父は晩酌で気分がのってくると、サトル君相手に必ず言ったものだ。

「祭りなのに、音がしないだろ？　嘘みたいに静かだろ？　前は違ったんだ」

そして、ウィスキーをうまそうに一口飲んでから、さあ、とっておきの話をこれからするぞ、という顔つきになって続ける。

「この話になると直美が嫌がるんだけどな、でも言わせてくれ、サトル君。前はな、そりゃあ騒音がひどかったんだ。俺は闘った。ひとりで声を上げたんだ……」

武勇伝になっていた。俺の手柄話、である。ただ、それでもよかった。父が何と言おうと構わない。ひとつの時代が終わったのだ。祭りを主催する側は世代交代も進み、子ども世代は別の価値観で生きている。祭りの日、夜九時半ともなれば、ぴたっと盆踊りの音は止んだ。しかも、公園内のスピーカーの音量はごく控えめで、昼間から音楽を流しっぱなしにすることは決してしない。祭りの前には関係者が、「今年もどうぞよろしく」と、近隣に挨拶にまわるようになった。争いが終わり、平和がやってきた。本来「まつり」は、そうでなくちゃいけない。

今では、私自身が毎年心待ちにする「温泉まつり」である。小さな田舎町の温泉地で、毎年欠かさず花火大会を開催していることを誇りに思い、応援したい気持ちでいる。

父亡き後、母はひとりでたくましく生きている。小さな庭で野菜と花を育て、ひとり分の食事を作り、必要とあらば屋根にだって上って、雨どいに詰まった枯れ葉をとる母である。

「私、今度本を出すんだ。自分のこれまでのことを書いた。お父さんのことも、お母さんのことも、そのままを書いたよ」

いつものごとく事後報告だが、やはり母には言っておかねばと思った。

「昔のことを書いたんだったら、きっと、いいことなんて書いてないだろうねえ」

意外にも、母は静かに笑った。そして、「でもいいよ。あたしのことだって、何書いてもいいよ」と、あっさり受け入れてくれた。母に感謝している。きっと自分とは違う気質の娘を持って、母だって大変な思いをしてきたにちがいない。あの父と母のもとに生まれたから、今の私がいる。

アメリカの家族ハーリー家のみなさんにも感謝を。いつだって「ああいう家庭を築きたい」と思って生きてきた。憧れでありお手本であり、彼らを思い出すたび心が明るくなる、光のような存在だ。義母のマサコさん、いつも支えてくれてありがとう。そして夫サトルと娘のヨウ、ふたりと出会えて家族になれたことに感謝。本当の幸せは、実はすごく身近で手の届くところにあることを、ふたりに教えてもらった。

本書を書き上げるまで、常に寄り添ってくださった岩波書店の上田麻里さん。上田さんのもとで、私が本当に書きたかったものを形にできたことが、何より嬉しいです。装丁のデザインをしてくださった仁川範子さんも、ありがとうございました。

二〇二〇年四月

阿部直美

阿部直美
1970年群馬県生まれ。獨協大学外国語学部卒業後、会社員を経てフリーランスのライターに。写真家の夫・阿部了とともに、日本全国を回っておべんとうを取材、2007年よりANA機内誌『翼の王国』にて「おべんとうの時間」を連載。著書に『おべんとうの時間』(1～4巻、木楽舎)、『手仕事のはなし』(河出書房新社、いずれも阿部了との共著)、『里の時間』(岩波新書、芥川仁との共著)など。

おべんとうの時間がきらいだった

2020年 6月11日 第1刷発行
2020年11月 5日 第3刷発行

著　者　阿部直美《あべなおみ》

発行者　岡本　厚

発行所　株式会社 岩波書店
〒101-8002 東京都千代田区一ツ橋2-5-5
電話案内 03-5210-4000
https://www.iwanami.co.jp/

印刷・法令印刷　カバー・半七印刷　製本・松岳社

ISBN 978-4-00-061408-5　　Printed in Japan